आधा हिसाब

अजय राज सिंह

Notion Press

Notion Press

First published by Notion Press 2025
Copyright © Ajay Raj Singh 2025

All Rights Reserved.

मेरे माता और पिता के लिए,
जिनका साथ और आशीर्वाद मुझे हमेशा मिला है।

निर्देशिका

प्रस्तावना

मुझे कहानियाँ विस्मित करती हैं। उनके अंदर एक अंतनिर्मित विद्रोह है। वो वास्तविकता के इतने पास होकर भी, कोसों दूर होती हैं। कहानियाँ एक ऐसे सफर का 'माध्यम' हैं जो वास्तविकता के परे किसी और ही दुनिया में तय किया जा रहा है।

वो सफर जो 'दसवीं फेल' से शुरू हुआ था, उसके अगले पड़ाव में आपका स्वागत है। कुछ दिनों के लिए हम यहाँ रुकेंगे।

यह पड़ाव केवल एक नई कहानी नहीं है, बल्कि उस सफर का विस्तार है, जो हमनें साथ में शुरू किया था। मैं जानता हूँ यहाँ तक आने में काफी समय बीत गया। पर यकीन मानिए, इस लंबे इंतजार में बीते हर एक पल ने इस पड़ाव को खास बनाया है।

आमतौर पर हर कहानी अपनी अलग दुनिया में घटती है। लेकिन ना तो यह कहानी आम है और ना ही आपका इस कहानी से जुड़ना। दसवीं फेल, 2020 के बाद, इस सफर का यह दूसरा अध्याय आपके हाथों में है। इस सीरीज में आप जो भी पढ़ेंगे, सब एक ही शहर के किस्से हैं। वो सब एक ही दुनिया की बातें हैं। मुझे पुरी उम्मीद है कि आपको यह दुनिया पसंद आएगी।

तो आइए, आनंद लेते हैं हमारे सफर के इस पड़ाव का।

अजय राज सिंह

1. एम.एन.ए.

छोटे शहरों में व्यक्ति अपने नाम से ज्यादा अपने काम से जाना जाता है। जैसे पंडित जी, हलवाई चाचा, दूसरे वाले हलवाई चाचा, मास्टर साहब, नेता जी, इत्यादि। कोई उन्हें उनके नाम से जाने या न जाने, काम से जान जाता है। और अगर किसी क्रांतिकारी का ओहदा, कहीं इस सिद्धांत को मात दे रहा है तो ये समझ लीजिए कि उसके काम ने उसके नाम को वहाँ पहुँचा दिया है, जहाँ अब काम का कोई अस्तित्व ही नहीं बचा। करें, न करें, एक ही बात है। जैसे लेखक, नौकरी से रिटायर हो गए लोग, सरकारी अफसर इत्यादि। वैसे मैं इन बातों को इतनी बेशर्मी के साथ उस जगह के संदर्भ में कह रहा हूँ, जहाँ चाय की टपरी पर बैठकर राजनैतिक बहस करना भी एक काम माना जाता है। मैं बात कर रहा हूँ, लालटेन नगर की।

कोई खास बात तो नहीं है, पर अभी ही स्पष्ट हो जाए तो बेहतर। आपके लिए भी, और मेरे लिए भी। 'यहाँ लालटेन का आविष्कार नहीं हुआ था'।

लालटेन नगर वो तहसील है, जिसने अपने लोगों को 'जिले' की कमी कभी खलने नहीं दी। एक साधारण समझ का व्यक्ति जिले से क्या चाहता है? बिना किसी गड्ढे की सड़क, 24 घंटे बिजली, नल में साफ पानी और चौकस नगर पालिका। पर चाहत का क्या है, लोग तो चाँद भी चाहते हैं। तो सबको लाकर दे दें क्या? लालटेन नगर में गर्मी, सर्दी

आधा हिसाब

और बरसात को छोड़कर, बाकी सालभर सड़क चका-चक रहती है। बिजली कई बार घंटों आती ही नहीं है, तो जाने का बेहुदा सवाल पैदा नहीं होता? नल की कमी लोग अपने और पड़ोसियों के कूएँ-बोरिंग से पूरी कर लेते हैं। और रही बात नगर पालिका की, तो वो गणित में 'एक्स' की तरह है। मतलब लोगों ने उसका होना, बस मान रखा है। कहीं महसूस तो होती है, बस दिखती नहीं है।

मुझे लालटेन नगर को लेकर सबसे बड़ी चिंता यह है कि यहाँ किसी को कोई चिंता ही नहीं है। यहाँ सब सदाबहार हैं, सब मस्त हैं। इतने मस्त कि शादियों में लालटेन नगर के फूफा अक्सर भूल जाते हैं कि उनको नाराज होना था। यहाँ रिश्तेदार रिजल्ट खुलने वाले दिन फोन भी नहीं लगाते। और वैचारिक द्वंद्व, इस जगह के पान के ठेलों तक ही सीमित हैं, कोई घर लेकर नहीं जाता। जितना लगे हाथों कह गए, कह गए। कुछ न कह पाने का यहाँ कोई मलाल नहीं रखता। बाकी लोगों का तो पता नहीं, पर इस जगह का 'मस्ती' के इस आयाम को पा लेना, बच्चों को काफी खुश रखता है। सुबह से शाम बस हुड़दंग और अगर कोई डाँट दे, तो मजाक। भविष्य तो वैसे ही सबका सेट है। आधा शहर नाम मात्र के लिए ली गई मकैनिकल की डिग्री में बर्बाद है, बाकी आधों को पता है कि बर्बाद होने के लिए इंजीनियरिंग के अलावा और भी रास्ते हैं। जैसे इश्क।

यहाँ जिसको जितना दिखता है, वो उतना जी लेता है। अब मुझे ही देख लीजिए, कोई काम नहीं है तो लपक ज्ञान पेल रहा हूँ। अभी चवन्नी आ जाएगा, और ये सब बन जाएँगी महज किताबी चर्चाएँ।

चवन्नी मेरे दफ्तर का मैनेजर-कम-ऑफिस बॉय-कम-प्रशंसक-कम-आलोचक है। हाँ, मालिक भी हो जाता है कभी-कभी। दफ्तर से मेरा मतलब है- 'एम.एन.ए.' अर्थात मिश्रा न्यूज एजेंसी। कुछ कर्मचारी और भी हैं, पर इसे चवन्नी का जलवा ही कहना सही रहेगा कि उसके सामने इस कहानी में और कोई प्रासंगिक नहीं दिखता है।

लालटेन नगर में एम.एन.ए. का काफी गहरा इतिहास रहा है। एक जमाने में, जब एजेंसी की बागडोर पिताजी के हाथ में थी, इसी दफ्तर में दस-दस पंद्रह-पंद्रह रिपोर्टर एक साथ काम किया करते थे। जिले की कोई भी 'जानकारी' खबर बनने से पहले पिताजी को सलाम ठोक कर जाती थी। 'किस वार्ड में किस नेता को किस पार्टी से टिकट मिलेगा' से लेकर 'किसकी सास ने किसकी बहू को कौन सी गाली दे दी' तक, 'इनकम टैक्स का कौन सा अफसर कहाँ रिश्वत लेते हुए पकड़ा गया' से लेकर 'किस स्कूल के कौन से लड़के किस सिनेमाघर में तड़ी मारकर 'दिलवाले दुल्हनिया ले जाएँगे' देखने पहुँचे हैं' तक, सब खबर यहाँ पहले आती थी, बाद में अखबारों में छपती थी।

सन 1973 में जब श्री हीराशंकर मिश्रा लालटेन नगर आए थे, तब शिक्षा के नाम पर उनके पास था निल-बटा-सन्नाटा, और 'प्रतिभा' के नाम पर थी उनकी धर्मपत्नी। गाँव में पिताजी से लड़कर आए थे, नतीजतन पैंट के दोनों जेब 1971 में पाकिस्तान सेना के आत्मविश्वास से भी ज्यादा हल्के थे। यूँ तो दार्शनिक ज्ञान बहुत था उनके पास, जैसे उनको पता था कि व्यक्ति को पैसे के पीछे नहीं सुकून के पीछे भागना चाहिए, पर जब असल जीवन की लड़ाई का नतीजा सामने आया, अर्थशास्त्र ने दर्शनशास्त्र को बहुत पीछे छोड़ दिया। इस भयावह जंग का नतीजा निकला, 'मिश्रा पान सदन'।

आज की स्टार्ट-अप वाली दुनिया के लिए यह समझना शायद थोड़ा मुश्किल होगा, कि उस समय एक पान की दुकान खोलना भी बड़ी बात थी। फंडिंग के नाम पर लाला से उधार मिलता था, बेशक किसी अंगूठी या पायल के गिरवी रखने पर। वहाँ आप ही सी.ई.ओ., आप ही शेयर होल्डर। मार्केटिंग के नाम पर आपका व्यवहार होता था और स्ट्रेटेजी के नाम पर 'देखते हैं'। कत्था, इलायची, किमाम, सुपारी, और लौंग के बेजोड़ मिश्रण के साथ, बाकी स्टार्ट-अप वाली दुविधाओं के होते हुए भी, हींराशंकर मिश्रा ने एक साल में ही मिश्रा पान सदन को सफल व्यवसाय की श्रेणी में डाल दिया।

आधा हिसाब

छोटी-छोटी कोशिशें बड़ी-बड़ी संभावनाओं के साथ आती हैं। फिर सही दिशा में कदम बढ़कर जहाँ पहुँचते हैं, उसे सफलता कहते हैं।

धंधा अच्छा खासा चल पड़ा। वो अक्सर अपने अनुयायियों से कहा करते थे कि एक पानवाले को पान बनाना आता हो चाहे न आता हो, फरक नहीं पड़ता, बात करना आना चाहिए। और उससे भी ज्यादा, बात सुनना। इस अचूक कला का उन्होंने खुद भरपूर प्रयोग किया और अगले दो साल में उनका नाम 'लालटेन नगर थर्टी-अंडर-थर्टी' में शुमार हो गया। हालाँकि उनकी उम्र छत्तीस थी, पर शायद आपको चूने का सही प्रयोग मालूम नहीं है। उनको था।

बातों-बातों में रह गया हो तो बता दूँ, श्री हीराशंकर मिश्रा मेरे दादा हैं। जब तक पिताजी कॉलेज जाने की स्थिति में आए, मिश्रा पान सदन एक अलग ही आयाम हासिल कर चुका था। शहर में तीन अन्य शाखाओं के साथ, मिश्रा जी ने कमाई का एक अलग ही जरिया बना लिया था।

जब पान सदन अच्छा खासा चलने लगा, लोगों का आना-जाना, गप्पे मारना, पान खाते-खाते वहाँ की बात यहाँ और यहाँ की बात वहाँ करना भी पूरे दम के साथ चलने लगा। इन ही गपोड़ों में से एक थे श्री रामनाथ शास्त्री, रणभूमि अखबार के 'जाने-माने' रिपोर्टर। 'जाने' पूरे लालटेन नगर में जाते थे, और 'माने' खुद के सपनों में। उनका काम तो था पूरे शहर भर की रिपोर्टिंग करना। पर 'काम होना' और 'काम करना' दो अलग-अलग बातें हैं। जरूरी नहीं कि दोनों का एक दूसरे से कोई संबंध हो। और इस मामले में असंबंध का कारण थे मेरे दादाजी। दरअसल, बात-चीत की कला में माहिर मिश्रा जी, शहर भर के ग्राहकों से वो भी उगलवा लेते थे, जो लोग सपने में देखकर भूल जाते हैं। फिर अलग-अलग लोगों से पूरे शहर का हाल निकलवाना, वो भी आँखों देखा, कौन सी बड़ी बात थी? स्कीम दोनों के पल्ले पड़ गई और सिस्टम चल पड़ा जबरदस्त- दुनिया बताए मिश्रा जी को

और मिश्रा जी बताएँ शास्त्री जी को। शास्त्री जी अपने हिसाब से काट-छाँट कर खबर पहुँचा दें दिल्ली और पूरा संसार तृप्त।

हम सभी के जीवन का एक संघर्ष होता है। सबका अपना-अपना। कोई आर्थिक तौर पर संघर्ष कर रहा है, तो कोई मानसिक। कोई अपने स्वास्थ्य से तंग है, तो कोई अपनी सोच से। मेरे पिताजी के जीवन का संघर्ष, उनके पिताजी के काम को आत्मसात करने में था। चार साल की मकैनिकल की पढ़ाई ने पिताजी को इंजीनियर कितना बनाया, वो तो उनके कॉलेज का डीन भी नहीं बता सकता, पर उनके अंदर इतनी बुद्धि जरूर डाल दी कि जीवन भर पान वाला कहलाने में कोई प्रतिष्ठा नहीं है। नतीजतन यह हुआ कि कहीं नौकरी न लगने के बावजूद, उन्होंने सीधे शब्दों में, मिश्रा पान सदन की बागडोर संभालने से इनकार कर दिया। उस समय तक किसी फिल्म में किसी भी हीरो ने 'कोई काम छोटा नहीं होता' जैसा कोई डायलॉग नहीं मारा था। इसलिए पिताजी को यह बात समझने में बहुत दिक्कत आ रही थी।

दादाजी काफी नाराज हुए। अपने बेटे को पढ़ाने-लिखाने का यह परिणाम देख कर, उनका विश्वास देश की शिक्षा व्यवस्था से उठ गया। फरक वैसे किसी को नहीं पड़ा, पर ठीक है। दो साल तक घर में तकरार चलती रही। पिताजी यहाँ-वहाँ नौकरी की तलाश में भटकते रहे। दादाजी विरासत के खत्म हो जाने का डर लिए, पान सदन चलाते रहे। साथ में चलता रहा उनका खबरों का बाजार।

"मिश्रा जी! लड़का आगे क्या करना चाहता है?" शास्त्री जी ने एक दिन भले मन से पूछा।

"अरे! भगवान जाने क्या करना चाहता है," दादाजी खीझकर बोले, "दिन भर बस यहाँ-वहाँ फिरना है। न काम के न काज के। बस बातें बड़ी-बड़ी।"

आधा हिसाब

"ऐसा नहीं है। लड़का तेज है। जो भी करेगा अच्छा ही करेगा," शास्त्री जी ने सांत्वना देने की कोशिश की।

पर मिश्रा जी तक शास्त्री जी की कोशिश का 'क' भी न पहुँचा। सांत्वना का 'स' तो बहुत दूर की बात है।

"अरे क्या करेगा?" मिश्रा जी एक चिर-परिचित अभिभावक वाली खीझ के साथ बोले। "हमने सब करके दे दिया, वो संभालने में तो शरम आ रही है। कहता है पान वाला नहीं बनेगा। अरे पान वाला नहीं बनना है तो कलेक्टर बन जाए, किसने रोका है? और आप बताइए, क्या बुरा है ये काम? जमी-जमाई दुकानें हैं। अब शहर में चार हो गई हैं। बने-बनाए ग्राहक हैं। आपको खबर अलग बेच लेते हैं। ठाठ से जी रहे हैं। आप ही बताइए, काहे की कमी है? पर नहीं! करना-धरना कुछ है नहीं, बस बातें बड़ी-बड़ी।"

"मिश्रा जी थोड़ा समय दीजिए लड़के को। बचपना है अभी। समझ जाएगा," शास्त्री जी ने इस बार मिश्रा जी का बस मन रखने के लिए कहा।

"सब पका-पकाया मिल गया है तो होशियारी चढ़ी है दिमाग में, और कुछ नहीं।"

"आप कहें तो मैं बात करूँ हृदय से?"

"कर लीजिए भइया। आप भी कर लीजिए। हम तो थक गए बात कर-कर के। ससुर-के सुर ही कौनो और चढ़ा कर बैठे हैं। भंड बुद्धि से अब कोई कितनी ही उम्मीद कर ले, रहेगा तो वही ना। हमने तो कह लिया जितना कहना था। अब कहाँ तक बीन बजाईएगा भैंसिया के आगे। आप देख लीजिए आपसे कुछ हो तो। बाकी इनको तो न कुछ कहने की सूझ है, और न कुछ करने की, बस बातें बड़ी-बड़ी।"

बातों-ही-बातों में, शास्त्री जी ने पिताजी को मुख्य धारा में शामिल करने का बीड़ा अपने सिर ले लिया था।

हीरा शंकर मिश्रा के एकलौते पुत्र हृदय लाल मिश्रा, यूँ तो इस बात-चीत के बाद, शास्त्री जी के जीवन में एक उड़ते हुए तीर का व्यक्तित्व लेकर आए थे जो कहीं भी घुस सकते थे, पर शास्त्री जी भी कोई कच्चे खिलाड़ी नहीं थे। उन्होंने भी सही जगह देखकर फिट कर लिया।

शास्त्री जी ने मेरे पिता यानी श्री हृदय लाल मिश्रा को जो गणित दिया, उसमें पान की दुकान कहीं-से-कहीं तक नजर नहीं आई। उन्होंने पिताजी को उनके पिताजी से मिलने वाली विरासत का सिर्फ वो हिस्सा समझाया, जो उनके मतलब का था।

"अब देखो बेटा, मिश्रा पान सदन तो बस एक ढाँचा है। मिश्रा जी का असली धंधा तो जनता से खबर लेकर मुझे देने में है। मिश्रा जी दिन भर बैठ कर जितना पान नहीं बनाते, उतना लोगों को बना लेते हैं। और वो लाख चाह लें कि आगे चलकर उनका काम तुम संभाल लो, पर हो नहीं सकता। अरे कोई आसान काम है क्या? तुम बताओ?"

आगे वो खुद ही बताने लगे, "बिलकुल भी नहीं। घाट-घाट का पानी पी लो, तब भी इतना मीठा बोलना संभव नहीं है। जो वो करते हैं, वो पूर्णतः कला है। और कला भी ऐसी, जो तुम्हारे-मेरे बस की नहीं है। तुम इसमें घुसे तो जीवन भर बस एक पान वाले बनकर रह जाओगे।"

पिताजी को बात जंच रही थी। उनकी समस्या जैसे शास्त्री जी के अलावा कोई और देख ही नहीं पा रहा था। वो समझने की स्वीकृति के साथ सिर हिलाते रहे। शास्त्री जी ने, अपनी बातों की वशीकरण शक्ति पर बढ़ते हुए आत्मविश्वास को ध्यान में रखकर, मन की बात कह दी, "तुम तो ये पान-वान का चक्कर छोड़ो और वो करो जो तुम कर सकते हो। मैं बता रहा हूँ। तुम एक न्यूज एजेंसी खोल लो।"

शब्द नया था। पिताजी 'न्यूज' समझते थे। 'एजेंसी' भी समझते थे। पर 'न्यूज एजेंसी' कुछ और ही था। शास्त्री जी की बात सुनकर उनकी

आधा हिसाब

भौहें तन गईं, जैसे छठवीं की क्लास में पाइथागोरस प्रमेय सुनकर, पहले बेंच पर बैठने वाले लड़के-लड़कियों की तन जाती हैं।

शास्त्री जी गणित के मास्टरों की सी शिद्दत लिए आगे बोले, "बेटा ऐसा है, काम तो तुम्हारे पिता अभी भी न्यूज एजेंसी वाले ही करते हैं। बस उनको पता नहीं है।"

"मतलब?"

"मतलब शहर भर की खबर इकट्ठा करके अखबार वालों को बेचते हैं। है कि नहीं?"

"हाँ सो तो है। पर पर वो तो ऐसे ही है, आपके नाम का सुर। लग गया तो लग गया, नहीं लगा तो कोई बात नहीं। कोई काम जैसा काम थोड़ी है," पिताजी बोले।

"अरे! काम 'जैसा' करो तो जबरदस्त काम है," शास्त्री जी उत्साह के साथ बोले, "एक कंपनी बना लो। ताबड़तोड़ एकदम। चार-छह लड़के रख लो अपने अंडर। दिनभर पूरे लालटेन नगर घुमा करो, और खबर इकट्ठा करो। कुछ अखबार वालों से मैं बात कर लेता हूँ। रोज की खबर उन तक पहुँचाओ और काम खत्म। क्या? उसके बाद तो दूसरे अखबार वाले झक मार के तुम्हारे पीछे आएँगे। और कभी कोई दिक्कत आ जाए, तो मैं तो बैठा ही हूँ।"

यहाँ से शुरू हुआ एक सपना। वो सपना जो अगस्त की किसी सुस्त शाम को, बैठक के तख्त पर बैठे-बैठे, शास्त्री जी के सुनहरे शब्दों के सहारे, बेरोजगारी की थकान से चूर, कुछ कर दिखाने की ललक के साथ, पिताजी ने देखा था।

पिताजी पर शास्त्री जी की बातों का असर हुआ। गहरा हुआ। इतना गहरा कि नौ महीने भी नहीं लगे और 'मिश्र न्यूज एजेंसी' हो गया। हँसता-खेलता, बिलकुल स्वस्थ्य।

पिता जी खुश थे। दादाजी बहुत खुश थे। और शास्त्री जी बहुत से भी ज्यादा खुश थे। पिताजी को स्वरोजगार मिल गया था। वो भी बिना किसी सरकारी योजना के तहत। दादाजी को यह गारंटी मिल गई कि मेहनत, लगन और निष्ठा से पूरे शहर में उनका बनाया नाम कम-से-कम आने वाली एक पीढ़ी तक तो चलता रहेगा। गाँव से घर छोड़कर शहर आए हुए व्यक्ति के लिए ऐसा कर पाना अपने-आप में एक उपलब्धि है। और शास्त्री जी, उनका एम.एन.ए. से मिलने वाले कमीशन के रूप में, बुढ़ापे में बैठे-बैठे खाने का जुगाड़ जम गया था। यह उनकी उपलब्धि कम, सुरक्षा और संतुष्टि ज्यादा थी।

*** *** ***

अगले दस सालों में जितना शहर बदला, उतना पिताजी भी बदले, और साथ में बदला एम.एन.ए.।

शहर के सारे अखबारों का लालटेन नगर की खबरों वाला पन्ना, बिना पिताजी के आशीर्वाद के कभी किसी के घर नहीं जाता। दफ्तर बड़ा होता गया और साथ काम करने वाले लोग भी बढ़ते गए। एक दिन अचानक एम.एन.ए. हो गया 'एम.एन.ए. प्राइवेट लिमिटेड' और पिता जी हो गए 'मैनेजिंग डायरेक्टर'। हालाँकि इतना भयानक परिवर्तन सिर्फ नाम में ही आया था। काम करने के तरीके का स्तर वही रहा।

दादाजी अपने बेटे की सफलता से भले ही कितने भी खुश रहे हों, पर हमेशा अपने पान सदन में ही व्यस्त रहे। एम.एन.ए. के इतिहास में उनका सबसे बड़ा योगदान स्वर्गवास के बाद दफ्तर में लगी उनकी तस्वीर ही है। एम.एन.ए. की रियासत में हमेशा से वज़ीर-ए-आज़म का किरदार रामनाथ शास्त्री ने निभाया। इस महत्वपूर्ण ओहदे पर बैठ कर अपने पूरे कार्यकाल में वो दो मुख्य कार्य करते रहे। पहला, जब भी कभी पिताजी की महत्वाकांक्षाएँ आसमान में उड़ने लगतीं, शास्त्री जी नीचे से उनकी पतलून पकड़ लेते। पीछे की प्रेरणा जो भी रही हो, पिताजी गलत उड़ान उड़ने से बचे रहे। और दूसरा था एजेंसी से नियमित कमीशन का चेक लेना।

आधा हिसाब

किसी ने कभी सोचा है कि फूँक-फूँक कर कदम रखने वाले मुहावरे में 'फूँकने वाला' और 'कदम रखने वाला', दो अलग-अलग व्यक्ति हो सकते हैं। शास्त्री जी फूँकते थे और पिता जी कदम रखते थे।

एक समय था जब लगता था कि कमीशन का मोह शास्त्री जी को धरती से कभी जाने ही नहीं देगा। यह मोह छठवीं क्लास में किसी लड़की के पेन माँग लेने पर, एक अदना-से लड़के को हो जाने वाला पहला प्यार जैसा हल्का-पतला नहीं था। ये तो नौवीं क्लास का वो सुरूर था, जो कंपस से आखिरी बेंच पर लिखे नाम जितना गहरा था। वो प्यार जो तय करता है कि ग्यारहवीं में साइंस लेना है, कॉमर्स लेना है या आर्ट्स।

पर एक दिन वो मोह भी फीका पड़ गया। शास्त्री जी पिताजी की पतलून और एम.एन.ए. के कमीशन को छोड़कर, शून्य में विलीन हो गए।

उनके जाने के बाद फिर क्या था? पिताजी की महत्वाकांक्षाएँ पहले मिले अवसर पर ही चढ़ बैठीं, और सब खत्म।

किसी ज्ञानी ने पिताजी को अमावस की एक काली रात में सुबह का सपना दिखाया। उसने पूछा कि 'न्यूज एजेंसी' को 'अखबार' में क्यों नहीं बदल लेते?

पिताजी को सवाल सही लगा। फिर ज्ञानी ने धंधे का गणित समझाना शुरू किया। पिताजी इंजीनियर तो थे ही, पंद्रह मिनट में सब समझ आ गया। व्यवसाय और इंजीनियरिंग एक दुसरे से कोसों दूर हैं। पर अब कौन नापने बैठा है? ज्ञानी तो ज्ञान देकर चला गया। पिताजी रह गए सपनों की दुनिया में।

अब क्योंकि नीचे पतलून खींचने वाला कोई नहीं था, पिताजी बेधड़क उड़ चले।

शायद किसी को ध्यान ही नहीं रहा कि इस उड़ान के लिए सबसे ज्यादा जरूरी था पैसा। बहुत पैसा। उतना पैसा, जितना पिताजी के पास था नहीं। बैंक और अन्य उधार देने वालों की कृपा से अखबार छापने की मशीनें आ गईं। नए अखबार के नाम का शहर भर में ढिंढोरा भी पिट गया। पर उसके बाद सब सूना हो गया। अज्ञात कारणों से, व्यापार का वो विस्तार, संकुचित ही रह गया। पर कर्ज और उधार पूरे थे। अखबार कुछ दिन घिसा, कुछ दिन पिटा, और फिर एक दिन बंद हो गया। अखबार बंद होते से ही, न्यूज एजेंसी पर कर्ज का भार आ गया। उधर अखबार खुलने के बाद, न्यूज एजेंसी से जुड़े दुसरे बहुत से अखबारों ने पल्ला झाड़ लिया, इधर खुद का अखबार कागज की नाव बन कर पहली बारिश में ही डूब गया।

पिताजी ने अपने आखिरी दिनों में वो आर्थिक तंगी देखी जो दादाजी ने पान सदन के दिनों के पहले देखा था।

*** *** ***

हम सभी के जीवन का एक संघर्ष होता है। सबका अपना-अपना। कोई आर्थिक तौर पर संघर्ष कर रहा है, तो कोई मानसिक। कोई अपने स्वास्थ्य से तंग है, तो कोई अपनी सोच से। कुछ चीजें दोहराती हैं। जैसे इतिहास अपने-आप को, एक लेखक अपनी बात को और पुत्र अपने पिता के हालात को। पिताजी की तरह ही, मेरे जीवन का संघर्ष भी अपने पिता के काम को आत्मसात करने में था। बस इस पीढ़ी की समस्या में इतना अंतर था कि न डिग्री में कोई कमी थी, और न ही काम करने की इच्छा में। समस्या यह थी कि जब एम.एन.ए. की 'बागडोर' मेरे हाथ आई, 'बाग' में फूल कम कांटे ज्यादा बचे थे। और 'डोर' किसी गाँठ के सहारे बस औपचारिकता के लिए 'जुड़ा-सा' था।

पिताजी के जाने के बाद, चाहते-न-चाहते, मुझे इन सब में पड़ना ही पड़ा। 'विकल्प' वो विलासिता है, जो मेरे पास कभी थी ही नहीं।

आधा हिसाब

मेरे पास विरासत के नाम पर एक घर है जो गिरवी है। अखबार छापने की बंद मशीनें हैं जो एक बड़ा निवेश किए बिना बेकार ही रहेंगी। और न्यूज एजेंसी का खत्म होता व्यापार है जिसमें इतनी ही जान है कि बस चार लड़कों की तनख्वाह दे सके, और मुझे थोड़ी उम्मीद।

2. जया

छोटी उम्र का भोलापन संकोच-रहित होता है। 'बचपन' किसी रिश्ते के होने मात्र से ही संतुष्ट हो जाता है। उसे फर्क नहीं पड़ता कि उस रिश्ते का नाम क्या है? वो सिर्फ उतना ही देखता है जितना उसकी आँखों के सामने होता है। यह भोलापन समाज की बंदिशों को नहीं समझता। या शायद समझ तो जाता है, पर उसे स्वीकार नहीं कर पाता। इस बंदिश को स्वीकार कर लेना ही प्रौढ़ता का पहला प्रमाण है।

जया को मैंने बचपन से देखा है- साथ खेलते, कंचों के लिए लड़ते-झगड़ते, दूसरों के घर की घंटी बजा कर भागते, बगीचों से आम चुराते। जया मेरे बचपन का वो हिस्सा है, जिसके होने से मेरा बचपन पूरा हुआ। 'जया' मेरे जीवन का वो अध्याय है जो खुद अधूरा होकर भी मेरी कहानी का पूरक है।

जया के पिता भी दादाजी की तरह ही गाँव छोड़कर शहर आए थे। ऐसे में दोनों के बीच अपनापन होना स्वाभाविक है। भीड़ में हर कोई चाहता है कि बस कोई अपना-सा दिख जाए। सामान्य कद-काठी, तेज बुद्धि और कार्य में निष्ठा, इतने में तो पूरा मोहल्ला प्रभावित हो जाता है। दादाजी तो फिर भी एक अकेले इंसान थे। हो गए प्रभावित। जया के पिता मेरे दादाजी को बहुत मानते थे। और दादाजी भी उन्हें अपने बेटे जैसा प्यार करते थे। रणविजय चाचा अपने समय के वो

आधा हिसाब

युवा थे, जिसकी मिसाल सुन-सुन कर आस-पड़ोस के लड़के अक्सर पिटा करते थे। समय के साथ, रणविजय चाचा दादाजी के बहुत करीब आ गए। पान सदन के शुरुआती दिनों में हिसाब-किताब का सारा हिसाब, दादाजी को उन्होंने ही तो समझाया था। पढ़ाई में मेहनती और आचरण में शिष्ट, पढ़-लिख कर एक दिन वो सरकारी स्कूल में शिक्षक नियुक्त हो गए। पिताजी के रहते, उनके अच्छे दोस्त भी रहे। यही कारण था कि हमेशा से दोनों परिवारों के बीच घर-जैसा संबंध रहा है।

जया मेरे लिए बचपन से ही एक सहज साथी रही है। मैं उससे कोई भी बात कह सकता। वो मुझे कुछ भी सुना देती। कभी मैं उसकी चोटी काट देने के बाद, उससे भागा-भागा भी फिरा। कभी उसकी पसंद का सूट लेने के लिए पूरे शहर भर दौड़ा। कभी उसे रुलाने के लिए जाने क्या-क्या नहीं कहा। तो कभी उसकी एक मुस्कान के लिए कितनों से भिड़ गया। उसने सिर्फ मुझे बताया है कि उसे काँच की काली चूड़ियाँ कितनी पसंद हैं। मैंने सिर्फ उसे बताया है कि दसवीं बोर्ड की परीक्षा में, मैं चिट लेकर गया था। उसने सिर्फ मुझसे कहा है कि वो पहाड़ों में एक दिन खो जाना चाहती है। मैंने सिर्फ उससे कहा है कि मुझे रात के अँधेरे से नहीं, दिन के अकेलेपन से डर लगता है।

बचपन में बने रिश्ते इंसान का ऐब नहीं देखते। ये रिश्ते दुनिया की एकमात्र ऐसी चीज हैं, जिन्हें जोड़ने से ज्यादा तोड़ना मुश्किल है।

हम दोनों बचपन की उस डोर से बँधे हैं जिसमें चार लोगों की बातों का होने वाला असर कभी आया ही नहीं। हमने रातों में छत पर तारों की बातें की हैं। हम एक-दूसरे से महीनों मुँह फुलाकर भी बैठे हैं। मैंने उसे कभी पाइथागोरस प्रमेय पढ़ाया है। उसने मेरे लिए कभी चोरी-छुपे खीर भी बनाई है। हम दोनों की ऐसी ही और कितनी बातें हैं, जो बस हम दोनों के बीच हैं। हमारी अपनी दुनिया में।

*** *** ***

"कहाँ था इतने दिनों से?" जया ने हल्के गुस्से में पूछा। उसके हाथ में टेनिस की गेंद थी, जो मैं छत पर लेने आया था।

यह बात सालों पहले की है। जया का गुस्सा जायज था। बारहवीं की परीक्षा खत्म हुए हफ्तों बीत गए थे। और जब से पेपर खत्म हुए थे, मैं जया से एक बार भी ढंग से मिल न सका। यही कोई अप्रैल का महीना रहा होगा।

"तू यहाँ क्या कर रही है?" मैंने हड़बड़ी में उसकी बात को नजरअंदाज करते हुए कहा, "ला बॉल दे जल्दी। वापस जाना है।"

हाथ पीछे करते हुए, उसने शरारती अंदाज में गेंद अपने दुपट्टे में छुपा लिया।

जया पर पीला सूट और हल्के हरे रंग का दुपट्टा मुझे हमेशा से ही अच्छा लगता था। हर साल मेरे जन्मदिन पर जया वही पहना करती थी। पर आज मेरा जन्मदिन नहीं था। खत्म होते हुए सर्दी के दिन की मद्धम धूप उसके चेहरे को और भी निखार रही थी। बाल खुले हुए, माथे पर छोटी सी कत्थई बिंदी और नाक पर बनावटी गुस्सा। कहाँ लोग सुकून की तलाश में मीलों दूर चले जाते हैं?

"और ये क्या भूत बनी घूम रही है? मैं ही मिला हूँ क्या डराने को?" मैंने कहा। "बॉल दे-दे जल्दी, अगली मेरी ही बैटिंग है।

"जा नहीं देती," उसने चिढ़ कर कहा, "बड़ा आया क्रिकेट खेलने वाला।"

गर्मियों की छुट्टी। आग उगलती नीरस हवाएँ। एक खुला मैदान। और आठ-दस लड़के। यह वो दौर था जब हिंदी पट्टी के लड़कों में क्रिकेट एक सुरूर की तरह छाया रहता था।

वार्षिक परीक्षा समाप्त होने के बाद, मेरे रूटीन में दिन भर बस क्रिकेट खेलना ही रह गया था। गलती से कहीं समय बच गया, तो

आधा हिसाब

विडियो-गेम अपनी जगह। जया से बात तो दूर, मैं हफ्तों उसके सामने तक न आ सका था। ऐसा भी नहीं था कि मैं कहीं दूर चला गया था। पर उन दिनों जया से मिलने का योग ही नहीं बैठता। मैं अक्सर आस-पास ही होता। कभी नुक्कड़ वाली टपरी पर, तो कभी मोहल्ले में किसी दोस्त के घर। कभी उसमान चाचा के आम के बगीचे में, तो कभी 'गैलेक्सी गेम पार्लर' पर। और इन सब से भी ज्यादा पास के मैदान पर, जहाँ गली के लड़के क्रिकेट खेला करते थे।

मेरा घर मैदान से लगा हुआ ही था।

"जया अभी परेशान मत कर," मैंने जल्दबाजी दिखाते हुए कहा, "बॉल दे-दे। खेल रुका हुआ है।"

"तो रुके रहने दे। मुझे क्या?"

"अभी बताऊँ तुझे क्या?" कहकर मैं उसकी ओर झपटा। वो छत पर सूख रहे धुले कपड़ों की आड़ लेकर मुझसे दूर भागने लगी।

जीवन के कुछ पल ऐसे होते हैं जो निर्णायक न होते हुए भी जीवन भर याद रहते हैं। बिलकुल वैसे ही जैसे वो बीते थे। जिन्हें दोबारा जीने के लिए सिर्फ आँखें बंद कर लेना ही काफी होता है। ये मेरी जिंदगी का वही पल है। कितनी दफे मैंने हाथ बढ़ा कर उसे पकड़ने की कोशिश की, पर हर बार वो खिलखिलाती हुई मुझसे बच निकली।

उसकी मासूम हँसी के आगे मेरी सारी फुर्ती खत्म हो गई थी। शायद मैं कभी उसे पकड़ना ही नहीं चाहता था। मैं उसके पीछे-पीछे भाग तो रहा था, पर शायद जान-बूझ कर, हर बार, उसे आजाद रहने देना चाहता था- हँसते, खिलखिलाते, अपनी बेबाक मासूमियत लिए।

"मान जा जया," अपने कमर पर हाथ रख कर मैं हाँफते हुए बोला। मैं ठहर गया था। और वो अब भी मुझसे दूर, मुस्कुराते हुए, मुझे चिढ़ा रही थी।

"तो मना ले," उसने मुँह बना कर कहा, "किसने रोका है?"

"अच्छा जल्दी बता क्या चाहिए?" मैं अब भी हाँफ रहा था। "शाम में तेरे लिए चौपाटी से छोले-टिकिया ले आऊँगा। नहीं तो कल साथ में ही चल देना। मार्केट भी घूम लेना। बस! अभी जाने दे।"

"मुझे पता है सब बहाने," अविश्वास के साथ उसने कहा। "मेरा दुपट्टा कब का सिल गया होगा। टेलर के यहाँ से लाने को कहा था ना। बीस दिन से ज्यादा हो चुके हैं। वो तो अभी तक लाया नहीं। बड़ा आया छोले-टिकिया खिलाने वाला। और मैंने रोक रखा है क्या तुझे? चला जा जहाँ जाना हो।"

"अरे ले जाऊँगा यार। तू बोल तो कल दिन भर तेरे साथ ही रहूँगा। कल वो दुपट्टा भी ला दूँगा। तू जो भी बोलेगी सब करूँगा। पक्का।"

"चल झूठे! और कभी सुना है मेरा कहा कि अब सुनेगा? सब समझती हूँ तेरी चालाकी।"

"अरे सच कह रहा हूँ। तेरी कसम।"

"हाँ! हाँ! खा ले मेरी कसम और मार दे मुझे," उसने कहा। इसके साथ ही जया की आवाज अचानक भारी हो गई। उसके चेहरे पर हँसी तो अब भी थी, पर अब उसके पीछे का बनावटीपन साफ नजर आने लगा था।

मैं झिझक गया। दो कदम सहसा उसके करीब आया।

"ऐसा क्यों बोल रही है?"

आधा हिसाब

"तो और क्या बोलूँ? तू तो चाहता ही है कि जया मर जाए। फिर तू सारा दिन यहाँ से वहाँ बिना रोक-टोक के बस घूमा करे! क्यों?"

धीरे-धीरे धूप पिघलकर शाम में तब्दील होने लगी। हवाएँ रुक गईं। वक्त थम गया हो जैसे। मुझे जया की फिक्र होने लगी।

"क्या हुआ?" मैंने पूछा।

मुझे इतना समझ आ गया था कि कोई बात तो है जो उसे खा रही है। मैं तो बस एक जरिया हूँ, उसके मन की बात को होटों तक लाने का।

"कुछ नहीं," उसने कहा और बॉल मेरी तरफ फेंक दिया, "जा चला जा। तेरे दोस्त तेरा इंतजार कर रहे होंगे।"

उसके चेहरे पर मायूसी छा गई। तारों पर टंगे कपड़े स्थिर हो गए। हवा की हलचल जा चुकी थी। मैं एक कदम भी न हिल सका। दो टप्पे खाने के बाद, गेंद छत पर ही पड़ी रह गई।

"अब बोलेगी या लगाऊँ एक?" मैंने हक के साथ दिखावे भरे गुस्से में कहा।

"तू जा जल्दी," जया ने मुझे नजरअंदाज करते हुए कहा, "नहीं तो अभी सब तुझे ढूँढते हुए यहाँ आ जाएँगे।"

"आ गए तो आ जाएँ!" मैं बेफिक्र होकर बोला। "बॉल लेकर चले जाएँगे। वैसे भी अब तक तो दूसरा बॉल निकल गया होगा। अब कोई नहीं आने वाला। मेरी बैटिंग भी गई। देख अब नाटक मत कर और बोल जल्दी। बैटिंग छोड़ कर खड़ा हूँ यहाँ।"

"पापा मुझे दिल्ली भेज रहे हैं," चेहरे पर बिना किसी भाव के, उसने कहा। "मासी के यहाँ। दिल्ली यूनिवर्सिटी। वहाँ कॉलेज जाऊँगी तो साथ में कोचिंग भी हो जाएगी। कह रहे थे दिल्ली में आई.ए.एस. की तैयारी अच्छी होती है।"

मैं स्तब्ध खड़ा रह गया।

"पर मुझे नहीं करना कोई आई.ए.एस.-वाई.ए.एस.," जया आगे बोली, "और न ही दिल्ली जाना है। सब कुछ अच्छा तो है यहाँ। कॉलेज भी है। मेरे सारे दोस्त यहीं हैं। तू भी यहीं है। पर पापा नहीं मानेंगे। मुझे दिल्ली भेज कर ही रहेंगे। तू बात कर ना पापा से। मना ले न उन्हें। बस एक बार। वो तो तेरी बात सुनते हैं। मैं तो कुछ कहूँ-न-कहूँ सब एक ही बात है।"

जया एक साँस में सब बोलती रही।

मैं अब भी स्तब्ध था।

मैंने कभी सोचा ही नहीं था कि कोई ऐसा भी दिन आ सकता है जब मेरे जीवन में जया नहीं रहेगी। मुझे वहाँ खड़े-खड़े उसकी कमी खलने लगी। उसके ही सामने। एका-एक मेरी आँखों के आगे दिन का एक-एक पल याद आने लगा, जिसमें जया होती थी। क्या करूँगा मैं उसके बिना? क्या रहूँगा मैं, उसके बाद?

"तू मना लेगा न पापा को?" बड़ी उम्मीद के साथ उसने फिर पूछा।

"हाँ!" मैंने कहा, "इतनी सी बात। तू चिंता मत कर। तुझे नहीं जाना दिल्ली तो ठीक है। मैं बात करूँगा चाचा से।"

"पक्का?" जया की आँखों में चमक आ गई। जैसे मेरा आश्वासन ही दुनिया का एकमात्र सच हो।

"हाँ! हाँ! पक्का," मैंने कहा।

*** *** ***

इस दुनिया का न कोई तर्क सही है और न ही गलत। ऐसा ही प्रेम है। न सही, न गलत। वो बस है। अपने अंदर दुनिया भर का द्वंद्व लिए। प्रेम बाँधता है, प्रेम आजाद भी करता है। प्रेम प्रोत्साहित करता है, प्रेम

आधा हिसाब

मजबूर भी करता है। प्रेम स्वार्थी बनाता है, प्रेम निस्वार्थ भी जगाता है। उस लकीर के दो हिस्सों की तरह जो यूँ तो एक दूसरे से विपरीत दिशा में बढ़ते जाते हैं, पर उनकी नियति में अनंत में कहीं मिलना लिखा होता है। प्रेम तो बस है। उसके लिए जो प्रेम पर यकीन करता है।

इश्क में पड़ जाना आसान है। उसे पा लेना थोड़ा मुश्किल। और निभाना, और भी मुश्किल। इश्क होने में एक क्षण लगता है, उसे पा लेने में थोड़ा समय, और उसे निभाने में पूरा जीवन।

तकलीफ तब और भी बढ़ जाती है जब आपका प्रेम एक नाम की तलाश में बेनाम रह जाता है। मेरा और जया का रिश्ता न कभी किसी नाम में बँधा, और न ही किसी नाम का मोहताज रहा। हमारा रिश्ता उतना ही पवित्र रहा है जितनी पीपल से छन कर आने वाली सुबह की धूप। या ठंड की भीगी भोर में, पत्तों पर बिखरी ओस की कोई बूँद। पता नहीं प्रेम की कोई परिभाषा होती भी है या नहीं। पता नहीं प्रेम कैसा होता है। पता नहीं वो क्या था जो हम दोनों के दरमियाँ था। जो इतना फीका था कि जिसका होना, न-होने के जैसा था। और इतना गहरा, कि आज इतने सालों बाद भी भुलाए नहीं भूलता।

कभी-कभी सोचता हूँ कि अगर बस में होता, तो रोक लेता उस बचपन को। पर बचपना भी जीवन का एक हिस्सा है, एक दिन ढल जाता है।

दो हफ्ते बाद शाम पाँच बजे जया की ट्रेन थी। दिल्ली के लिए।

*** *** ***

जया मुझसे बहुत नाराज थी। उसे लग रहा था कि सारी गलती मेरी ही है। मैं ही नहीं समझा सका चाचा को। उन्हें मना नहीं सका। वो समझती थी कि मैंने ही उसे खुद से दूर जाने दिया। तब, जब वो नहीं जाना चाहती थी। पूरे दो हफ्ते, जया का गुस्सा खामोशी बन कर रहा।

मेरा पूरा समय उसके जाने की तैयारियों में रणविजय चाचा के साथ दौड़-भाग में ही निकल गया। मुझे कुछ कहने-समझाने का मौका ही नहीं मिला। मैं उससे बहुत कुछ कहना चाहता था। पर बहुत सी दूसरी बातों के साथ, वो बातें भी अनकही रह गईं।

रणविजय चाचा भी जया के साथ कुछ दिनों के लिए दिल्ली जा रहे थे। उन दोनों को स्टेशन तक छोड़ने का कार्यभार मुझ पर था।

स्टेशन पहुँचकर गाड़ी से मैंने सारा सामान निकाल लिया पर पानी की बोतल वहीं पड़ी रहने दी। चाचा हड़बड़ी में थे और जया गुस्से में। किसी का ध्यान नहीं गया।

"पानी की बोतल तो गाड़ी में ही रह गई," ट्रेन पर चढ़ते ही मैंने पछतावा जाहिर किया। "वापस लाने में तो टाइम लग जाएगा। चाचा आप स्टेशन से ही एक बोतल खरीद लाइए। तब तक मैं सामान जमा देता हूँ।"

चाचा को सुझाव अच्छा लगा। वो वापस नीचे उतर गए।

अपनों के रूठ जाने में जो सबसे खूबसूरत बात होती है, वो है 'मनाने' की उम्मीद। उस उम्मीद से भी खूबसूरत है 'कोशिश'। और उस कोशिश से भी खूबसूरत है, रूठे हुए का मान जाना।

चाचा के जाते ही मैंने एक चमकीली पन्नी से लिपटा, कागज का छोटा सा डिब्बा जया के हाथों में थमा दिया।

"क्या है इसमें," उसने बिना कोई भाव बदले, मुँह फुला कर कहा।

"कुछ नहीं," मैंने कहा, "रख ले। बस ऐसे ही।"

"ऐसे ही क्या? बता नहीं तो अभी खिड़की के बाहर फेंकती हूँ।"

आधा हिसाब

बीते कुछ दिनों में मुझे अगर कुछ समझ आया था तो यही कि हर चीज किस्मत पर नहीं छोड़नी चाहिए। क्योंकि उसके बाद जो होता है वो अक्सर आपको दुखी करता है।

"चूड़ियाँ हैं इसमें," मैं घबराया हुआ सा बोला, "काँच की... काली चूड़ियाँ। तुझे पसंद हैं ना?"

जया अगले तीन सेकंड तक भावहीन ही रही। शायद समझना चाहती हो कि इन सब का क्या मतलब है। उस पल में, जहाँ आस-पास पूरी दुनिया दौड़ रही है, अचानक सिर्फ हम दोनों ही क्यों रुके हुए हैं।

वो कुछ भी न कह सकी। पर उसके होटों पर एक प्यारी सी मुस्कुराहट छा गई।

कहाँ लोग सुकून की तलाश में मीलों दूर चले जाते हैं?

3. चवन्नी

कुछ लोगों की अपनी कोई कहानी नहीं होती। वो सिर्फ दूसरों की कहानी के किरदार होते हैं।

जब एक कहानीकार किसी किरदार को रच रहा होता है, सबसे पहले उसके जीवन की रूप-रेखा रची जाती है। तय होता है कि उस किरदार के जीवन का रास्ता कैसा होगा। कहानी में उसके अस्तित्व का कितना महत्त्व होगा? कौन सा किरदार कहानी के किस मोड़ पर विकसित होगा? कहानी में उस किरदार का हिस्सा कहाँ से शुरू होकर कहाँ खत्म होगा? और कौन सी घटना उसे बदल कर रख देगी?

आप, मैं, आपके बिल्डिंग का वॉचमैन, संसद में बैठे नेता, राकेश किराने वाला, कल आप जिसके ऑटो में बैठे थे वो ऑटोवाला, पड़ोस वाले वर्मा जी, सब एक किरदार ही तो हैं। कोई अपनी कहानी का, कोई किसी और की कहानी का। हम सब एक-दुसरे की कहानियों में गुथे हुए हैं। एक किरदार की तरह हम सब भी एक रास्ता तय करते हैं, अपना-अपना। हमारा भी विकास होता है, किसी घटना के होने-न-होने से। जैसे व्यक्ति पहले पाठक बनता है, उसके बाद लेखक। पहले विद्यार्थी बनता है, और फिर शिक्षक। एक सधे हुए विकास के क्रम में।

आधा हिसाब

पर सदियों में कभी-कभार ये क्रम टूट जाता है।

तब घनघोर बारिश होती है, बेतहाशा बिजली कड़कती है और सारे क्रमों को तोड़ते हुए, पैदा होता है 'महागुरु'। न चेला, न गुरु, सीधे महागुरु।

अगर कोई चवन्नी के जन्म की ऐसी परिकल्पना करे, तो अतिशयोक्ति नहीं होगी।

औसत डील-डौल के किसी व्यक्ति पर सफेद शर्ट और हल्का नीला पैंट चढ़ा दो। लगे हाथ उसके अंदर परंपरावादी विचार और औसत से ज्यादा आत्मविश्वास भर दो। थोड़ा सा ढीठपन का तड़का और लग जाए, बस। वो इंसान 'चवन्नी' हो जाएगा।

दरअसल चवन्नी सिर्फ एक इंसान नहीं, व्यक्तित्व है।

'पैदाइश बनारस की, पढ़ाई ग्यारहवीं तक, पहला इश्क 'चंपा' और जीवन का उद्देश्य 'जियो''। बस इतने ही गुण-अवगुणों को परख कर पिताजी ने उसे काम पर रख लिया था। अगले दिन वो काम पर तो आ गया, पर करेगा क्या? न चवन्नी ने सोचा, न पिताजी ने।

समय के साथ, एजेंसी के छोटे-छोटे काम जैसे 'आने-जाने वालों को चाय पिलाना', 'बैंक में पैसे जमा करना', से लेकर बड़े-बड़े काम जैसे 'छोटे-छोटे कामों को दूसरों पर टालना', 'टले हुए कामों को भूल जाना' तक की जिम्मेदारी उस पर आ गई। उसने भी निष्ठा में कोई कमी नहीं रहने दी। उसने इन सालों में जिस प्रभुताई के साथ एम.एन.ए. और उसके उद्देश्य को अपनाया है, उसे एम.एन.ए. की छाया से अलग कर पाना एक बेकार कोशिश के अलावा अगर कुछ है, तो बस एक 'बहुत बेकार कोशिश'। आज अगर कोई मुझसे भी ज्यादा एजेंसी को करीब से समझता है, तो वो चवन्नी ही है।

चवन्नी एम.एन.ए. का ऐसा अभिन्न अंग बन चुका है जैसे युगों-युगों से यहाँ काम संभाल रहा हो। महाभारत धारावाहिक की शुरुआत में

एक आवाज आती थी- 'मैं समय हूँ'। हमारे यहाँ धारावाहिक बने तो आवाज आएगी- 'मैं चवन्नी हूँ'।

"एक काम करते हैं," उस दिन सुबह-सुबह मैंने दफ्तर में कदम रखा ही था कि मेरे केबिन से लगे हुए एक किचननुमा कमरे से चवन्नी की आवाज आई, "बाहर एक बोर्ड लगा देते हैं- धड़कन मिश्रा चल बसे। कृपया बाकी हिसाब-किताब भगवान से करें। क्या कहते हो?"

पूरे दफ्तर में फैली अदरक की खुशबू बता रही थी कि अगले तीन मिनट में मिल जाएगी चाय, और साथ में कुछ ताने। दिक्कत यह है कि चाय तो कुछ चुस्कियों में खत्म हो जाती है, पर ताने चलते रहते हैं। हालाँकि चवन्नी के तानों पर मैं उतना ही ध्यान देता हूँ जितना एक छोटे शहर का ऑटो वाला ट्रैफिक नियमों पर देता है। दिमागी सेहत बनाए रखने के लिए चवन्नी को कभी-कभी नजर-अंदाज करना जरुरी हो जाता है।

बड़े शहर के ऑटो वाले ट्रैफिक नियमों का काफी ध्यान रखते हैं। पालन नहीं करते, यह अलग बात है।

"बिजली वाले आए थे," वो खुद ही आगे बोलता रहा, "परसों तक बिल नहीं जमा किया तो बत्ती गुल।"

दिन-भर के काम-काज में अक्सर मैं भूल जाता हूँ कि हम कर्ज में कितना डूबे हुए हैं। पर जब भी मैं चवन्नी के सामने आता हूँ, वो एक गरीबी रेखा खींच कर मुझे उस पार धकेल देता है। सरकार के अपने तरीके होंगे, गरीबी नापने के। चवन्नी के अपने तरीके हैं, गरीबी रेखा याद दिलाने के।

"हाँ देखते हैं," मैंने सोच-कर कहा कि बात बदल देने में ही सुकून है। अपने केबिन से ही मैंने पूछा, "और वो 'देश-विदेश' वालों का पेमेंट आया क्या?"

आधा हिसाब

"अब मैं क्या ही बोलूँ? न किसी का पेमेंट आ रहा है, न तुमको शर्म। अब ऐसे दिन आ गए हैं कि बिजली वाले भी धमकी देकर जा रहे हैं। एक दिन किराने वाला उधार देना बंद कर देगा और सब खत्म हो जाएगा। अब यही देखना बाकी रह गया है।"

'हमने पूछे थे जो सवाल वो सरेआम रह गए। बात बदलने की कोशिश की, और नाकाम रह गए।'

"सात महीने से आज-कल आज-कल कर रहे हैं उनको," वो आगे बोला, "इस बार सच में काट देंगे, फिर लेकर बैठे रहना अपनी दुकानदारी। तुमसे चल तो वैसे भी नहीं रही है।"

चवन्नी को संभालने की कुंजी के छठवें अध्याय के दूसरे अनुच्छेद में लिखा है कि उसे चुप नहीं कराया जा सकता। अगर आपकी किस्मत अच्छी है तो आप सिर्फ बात बदल सकते हैं।

"और वो बिसरिया रोड पर एक्सीडेंट वाले खबर की लीड का क्या हुआ?" उसे अनसुना करते हुए मैंने अपने हिसाब से जो जरूरी लगा, वो कह दिया। "नयन से पता करना जरा। इम्पॉर्टेन्ट है वो।"

बात बदलने का यह मेरा अगला प्रयास था।

हालाँकि इस बात का कोई हिसाब नहीं है कि मेरा हिसाब चवन्नी के हिसाब से कितना दूर था।

अपने हिसाब को दूसरा गणित देते हुए, चवन्नी ने फिर कहा, "लेनदारों के आगे रो-रो कर जो पानी बहाया है, अब उसका बिल भी आ गया है। बिजली बिल के साथ वो भी भर देते।"

ये भी ताना था।

स्तरहीन।

पर था।

कुछ लोगों को देख कर समझ आता है कि समझदारी का उम्र से कोई लेना-देना नहीं है। चवन्नी का नाम भी उस तालिका में शुमार है।

"भर देंगे वो भी," उसकी संजीदगी को नजरअंदाज करने की एक और नाकाम कोशिश में, किसी चुनाव में जीते हुए नेता की तरह अपने पल्ले से जिम्मेदारी झाड़ते हुए मैंने कहा, "कहीं से पेमेंट आया तो भर देंगे। अभी और तो कुछ नहीं हो सकता।"

"और अगर नहीं आया तो?"

"तो क्या," झूठी बेफिक्री के साथ मैंने कहा, "तुम हो, मैं हूँ, और अँधेरा।"

कभी-कभी अपनी बात को गंभीर बताने के लिए मजाक का सहारा लेना पड़ता है। चवन्नी चुप हो गया।

बात खत्म मानकर मैंने काम के बारे में सोचना चाहा। पर चाहत भी ठहरी 'चाहत'। कहाँ पूरी होती है? किसी 'सोच' के आने से पहले, चवन्नी मेरे सामने आ गया। दो कप चाय, और अपनी 'अगम्य सोच' लेकर।

अगम्य इसलिए नहीं कि वहाँ तक कोई जा नहीं सकता। बल्कि इसलिए कि वहाँ तक कोई जाना नहीं चाहता।

"बिना शक्कर की बनाई है," एक कप मुझे पकड़ाते हुए उसने कहा।

मैं चुप था। वो यह भी कहना चाहता था कि शक्कर खत्म है, और खरीद कर लाने के लिए पैसे लगते हैं। पर क्योंकि वो यह बात पिछले तीन दिन में चार बार बोल चुका था, पाँचवीं बार सिर्फ आँखों का इशारा ही काफी था।

बैंक की किश्त और बाहरी लोगों के कर्ज के ब्याज ने एम.एन.ए. की हालत खस्ता कर रखी है। वसूली वालों का तो जैसे नंबर लगता है।

आधा हिसाब

वैसे मिलता किसी को कभी कुछ खास नहीं है, पर किसी की कोशिश में कोई कमी नहीं रहती है। एम.एन.ए. में कमाई तो होती है, पर उसका एक बड़ा हिस्सा उस कर्ज के हवाले चला जाता है जो पिताजी ने अखबार छापने की मशीनों को खरीदने में लगा दिया था। कर्मचारियों को वेतन देने के बाद जो बचता है, वो बचत की परिभाषा से बहुत दूर है। और कभी खींच-तान कर वहाँ तक पहुँच भी गए, तो सारा बचत वापस आने के किराये में चला जाता है। दिन खींच-तान कर बस कटने जैसे कट रहे हैं। बात यह नहीं है कि शक्कर लाने के पैसे नहीं हैं। बात है विरोध की।

और विरोध भी चवन्नी के खयालातों का, मेरे खयालातों से।

जब आपको पता होता है कि आप किसी को आसानी से अपने जीवन से अलग कर सकते हैं, विचारों का छोटा सा मतभेद भी ऐसा करने के लिए काफी होता है। अक्सर चौदह से अठारह वर्ष के प्रेमी-प्रेमिकाओं का इश्क 'बाबू-शोना' से शुरू होकर, 'मेले बाबू ने थाना थाया?' से होते हुए, विचारों के किसी ऐसे ही छोटे मतभेद पर आकर खत्म हो जाता है। लेकिन एक बार अगर कोई आपसे फेविकोल लगा कर चिपक जाए तो आप उससे असहमत होने पर भी सहमत हो जाते हैं। आप उसके साथ होने वाले सभी मतभेदों को अलग-अलग डिब्बों में रख कर सामान्य जीवन जीने लगते हैं। मतभेद दिखा, डब्बे में डाल दिया और आगे बढ़ गए। जैसे शादी के बाद।

पर इन डिब्बों में एक दिक्कत है। वो यह कि इनके ऊपर कोई ढक्कन नहीं होता। रास्ता कहीं उबड़-खाबड़ हो तो छलकने लगते हैं। इन डिब्बों से छलकते मतभेद, कभी ताने तो कभी तनहाई बन कर बाहर आते हैं।

चवन्नी और मेरा जोड़ भी फेविकोल वाला ही है। और रास्ते उबड़-खाबड़।

चवन्त्री दरअसल एम.एन.ए. को लेकर मेरे एक फैसले से खुश नहीं है। उसे लगता है कि एजेंसी की बेकार पड़ी मशीनों को बेच देना ही उचित है। थोड़े रुपए आएँ तो क्या पता एजेंसी की हालत में कुछ सुधार आ जाए। दूसरी तरफ मुझे लगता है कि इन मशीनों को कबाड़ में बेचने से अच्छा यहीं पड़े रहने देना ही सही है। कौड़ियों के दाम का क्या मोल, जब बिकने को सारा संसार रखा है। कुछ नहीं तो यहाँ पड़े-पड़े पिताजी की आत्मा को संतुष्टि ही देंगे।

"फिर कब तक का सोचा है?" पास रखी कुर्सी पर बैठते हुए चवन्त्री बोला।

"क्या सोचा?"

"अरे! कुछ तो सोचा होगा?"

"किस बारे में?"

"तुम्हारे पागलपन के बारे में।"

उसकी आवाज में एक तीव्रता आ गई थी। "कब तक इस पागलपन में मशीनों को सड़ने दोगे?" उसी तीव्रता से उसने आगे कहा।

उबड़-खाबड़ रास्तों के आने का वक्त हो गया था। मैं भी कहाँ तक रोकता, मतभेदों को छलकने से।

"फिर वही बात!" मैं खीझने लगा, "क्या मिल जाएगा कौड़ियों के दाम बेच कर? एक-दो देनदारों को चुप भी करा लिया तो बैंक का क्या करोगे? उनका तांडव तो सिर पर चलता ही रहेगा ना।"

"एक बार में एक सिर-दर्द तो खत्म करो। कम-से-कम उतना जितना कर सकते हो। नहीं तो क्या? मशीनें आज कबाड़ नहीं भी हैं तो कल हो जाएँगी। क्या? और उस 'कल' को तुम बिजली के बिल की तरह टाल नहीं सकते। वो तो आएगा। तुम चाहो या न चाहो।"

आधा हिसाब

चवत्री की आवाज सामान्य से ज्यादा ऊँची हो गई थी। जैसे वो अब भी दूसरे कमरे में हो। पर वो मेरे सामने था। ठीक सामने।

उसकी बात गलत नहीं थी। पर म्यूच्यूअल फंड्स के सिवा, सही है भी क्या इस जहान में?

हम दोनों ने ऐसी चुप्पी साध ली मानो रात भर जिन सवालों का चिट बनाया, वो इम्तहान में आए ही न हों। चाय को आश्वासन मिला कि अब वो ठंडी होने से पहले पी ली जाएगी।

"कभी मेरे कहने पर मर-वर मत जाना," कुछ समय बीतने के बाद चवत्री अचानक बोला। उसकी आवाज में संजीदगी थी।

"क्यों?"

"इतना बड़ा एहसान मैं सात जनम में भी नहीं उतार पाऊँगा," और बात खत्म होते-होते सारी संजीदगी गायब। यह एक और मजाक था। चवत्री की शकल भले अच्छी न हो, पर वो दिल का बुरा नहीं है।

"हर चढ़ी हुई चीज उतर जाती है। फिर एहसान की क्या बखत? बस उतारने वाला चाहिए," मैंने मुस्कुराते हुए, इस हिसाब से कहा कि इसके बाद अब कोई कुछ नहीं कहेगा।

"हाँ! लगा तो उधार देने वालों को भी यही था कि एक दिन उतर जाएगा," कहकर चवत्री ने चाय की आखिरी घूँट ली। खाली कप टेबल पर रख कर, एक गहरी साँस भरने के बाद वो उठा, और बाहर चला गया।

इसके बाद किसी ने कुछ नहीं कहा।

4. भूख हड़ताल

एक दिन खबर उड़ा दी गई- एम.एन.ए. की बंद मशीनें बिकाऊ हैं। अब खबर ही तो है, भैंस थोड़ी कि उड़ेगी नहीं। यह वो दिन था, जब चवन्नी ने आखिरकार मुझे यह मानने पर मजबूर कर ही दिया कि पिताजी का अखबार वाला सपना व्यापारिक दृष्टि से एक असफल प्रयास था। वो प्रयास, जो एम.एन.ए. की कुंडली में शनि बनकर बैठा हुआ था। और शनि भी वो, जो चढ़ावे के नाम पर बहाए गए सरसों के तेल से मानने वाला नहीं था।

चवन्नी के व्यवस्थित ताने, पैसों की जरूरत और मेरे तर्कों की तर्कहीनता ने मुझे मेरे विश्वास से पलट दिया। मुझे भी समझ आ गया कि सही खरीददार मिल जाए तो मशीनों को निकाल देना ही उचित रहेगा।

और रही बात पिताजी की आत्मा की शांति की, तो उसके लिए श्राद्ध का प्रावधान है। मशीन सड़ाने से क्या होगा? अगले साल से उनकी पसंद के एक-दो आइटम ज्यादा बनवा लिया करेंगे। शांति का तो अब ऐसा है कि वो इंसान के अंदर ही होती है। और मिलती उसको ही है, जो ढूँढना बंद कर देता है।

ये बातें कह मैं रहा हूँ, पर शब्द चवन्नी के हैं। और भावनाएँ भी।

आधा हिसाब

मेरा चवन्नी की बात मान लेना कोई आम घटना नहीं थी। प्रकृति के नियम कभी-कभार ही बदलते हैं। ये घटना भी उस 'कभी' के 'कभार' का हिस्सा है। और इस हिस्से के होने मात्र से, उसके अंदर एक अलग-सा आत्मविश्वास जागने लगा। उसके विचार उड़ने लगे। वो भी बिना पंखों के।

अगर आप खुश हैं तो ठीक है। अगर आप उत्साहित हैं तो भी ठीक है। लेकिन अगर आप खुश, उत्साहित और चवन्नी, तीनों हैं, वो भी एक साथ, तो दिक्कत है। दिक्कत ये है कि अब आपको किसी भी चीज में कुछ बुरा नजर नहीं आएगा। अब आपके लिए सब सही है। मेरे ख्याल में अगर आप अपने पहले प्यार के दिनों को याद कर पाएँ तो शायद आपको चवन्नी की मनोस्थिति ज्यादा अच्छे से समझ आएगी। जी हाँ! वही दिन जब माँ की डांट लोरी-सी लगती है और पिता के ताने गाने-से। जब गानों का मतलब समझ आने लगता है और इंसान खुद से ही दूर जाने लगता है। आशिकों का तो वो हाल हो जाता है कि 'तुम मुस्कुरा दो जिस बात पर, उसमें क्या गलत? सब सही'।

वैसे गलती चवन्नी की नहीं है। इंसान जब हद से ज्यादा खुश होता है, 'अतिशयोक्ति' उसकी सोच का हिस्सा बन ही जाती है। कुछ अच्छा होने की उम्मीद, अक्सर ऐसी कल्पनाओं को जन्म देती है जिसका हर हिस्सा खुशनुमा और सुखांत होने लगता है। सच्चाई को बार-बार दरकिनार करते उत्साह में आप ये भूल जाते हैं कि हकीकत कुछ और हो सकती है।

मशीन खरीदने के इक्षुक अखबार मालिक और इस लाइन में लगे दलाल, यूँ तो पहले भी बराबर इशारे दिया करते थे। जैसे कभी कोई आकर यूँ ही बंद मशीनों की तारीफ करने लगता। तो कभी कोई नई मशीन का दाम बता कर पुरानी की कीमत जताने लगता। पर जिस दिन से मशीन के बिकाऊ होने की खबर उड़ी, उनके इशारे प्रस्ताव

में बदल गए। सभी अपनी-अपनी श्रद्धा-भक्ति के अनुसार, अपने-अपने हिसाब से देख-परख कर दाम लगाने लगे।

महीने भर में कई लोग आए और वैसे ही चले गए। पर मैं किसी को 'हाँ' नहीं कह पाया। कभी दाम में खराबी, तो कभी चेहरे में। ये जितने भी लोग महीने भर आए-गए, या तो कोई संपादक था, या कोई वरिष्ठ पत्रकार या फिर कोई सेठ, जिसे लगता है कि पिता से विरासत में मिले अखबार को चला कर वो बहुत बड़ा कारोबारी बन गया है। सारे वही ठेठ, रूढ़िवादी, पुराने मानसिकता से सने इंसान, जिनके लिए संतुष्टि सिर्फ एक मिथ्या है।

उस दिन ऐसा पहली बार हुआ, जब किसी सी.ई.ओ. का फोन आया। 'सेठ' और 'सी.ई.ओ.' में उतना ही अंतर है जितना 'रोटी' और 'बटर नान' में है।

"गुड मॉर्निंग मिश्रा जी," फोन के उस पार से एक उत्साहित आवाज आई।

"गुड मॉर्निंग," मैंने एक संदेह भरी आवाज में जवाब दिया, "आप कौन?"

"मिश्रा जी मैं जलज बोल रहा हूँ। जलज मोदी। दिल्ली से। आई एम द सी.ई.ओ ऑफ '365 न्यूज'।"

इतनी भूमिका काफी नहीं थी। न मेरा सरोकार किसी 'जलज' से था, और न ही किसी '365 न्यूज' से। 'सी.ई.ओ' तो खैर हमारे औकात के ऊपर का शब्द है।

"जी बताइए..."

"मुझ तक खबर पहुँची है कि आपके पास प्रेस की कुछ सेकंड हैंड मशीनें रखी हैं," उन्होंने कहा।

आधा हिसाब

"अच्छा... जी हाँ! जी हाँ! रखी हैं," मैंने ये समझते हुए कहा, कि सामने एक भावी खरीददार है।

वैसे ये देखने लायक बात थी कि मेरी डिक्शनरी में जो मशीनें कभी 'पड़ी' रहा करती थीं, आज अचानक 'रखी' हो गईं। बदलाव के लिए कभी-कभी सिर्फ सोच बदल लेना ही काफी होता है। सच में बदलाव आए, ऐसा जरूरी नहीं है।

"जी हाँ! और आप लालटेन नगर में न्यूज एजेंसी भी चलाते हैं?" उधर से अगला प्रश्न आया।

"हाँ, एम.एन.ए. के नाम से चलता है," जवाब तैयार था।

"ओ... अच्छा! फिर कौन-कौन सा एरिया कवर करते हैं आप लोग?"

"अब कहने को तो पूरा प्रदेश ही देखते हैं। पर मुख्यतः अपने जिले में अच्छी पकड़ है।"

"अच्छा! अच्छा! एक मित्र ने बताया था कि आपके पास कुछ सेकंड हैंड मशीनें रखी हैं, तो सोचा आपसे बात कर लूँ। डील जम जाए तो बस लेना ही था मुझे। उसी सिलसिले में आपसे मिलना चाह रहा था। व्हाट डू यू से?"

"हाँ! हाँ! बिलकुल। मिल लेते हैं। मैं आपको ऑफिस का पता लिखवा देता हूँ। सुबह नौ से रात के नौ के बीच कभी भी आ जाइए। लगे हाथों मशीन भी देख लीजिएगा," मैंने कहा।

"ये सही रहेगा..."

इसके बाद डेढ़ मिनट और बात-चीत चली जिसमें मुख्यतः मैं दफ्तर का पता ही दोहराता रह गया। सुनना कठिन था या समझना, कौन जाने? बाकी बोल तो मैं ठीक ही रहा था। पर इस समझने-न-समझने की झुँझलाहट के बीच मैं उनके बारे में और कोई जानकारी नहीं ले

सका। हाँ, इतना तय हो गया कि वो कुछ और लोगों के साथ, सोमवार को लालटेन नगर पधारेंगे।

वैसे तो इसके बाद इस पर चर्चा होनी चाहिए कि इस खबर को सुनकर चवन्नी ने क्या कहा। फिर इस पर कि खबर सुनकर जितना उत्साह उसने दिखाया था, वो किस हद तक जायज था? फिर एक-दो बातें इधर-उधर की और आखिरी में एक जीवन ज्ञान के साथ सीन चेंज।

पर मैं तो कहता हूँ कि बेमतलब की बातों को छोड़ते हुए, सीधे जीवन ज्ञान पर आते हैं- उम्मीद इंसान का बनाया एक स्वांग है, जो अपने-आपको सिर्फ तसल्ली देने की लिए रचा जाता है।

अब?

अब कुछ नहीं।

सीन चेंज।

*** *** ***

सोमवार का दिन आ गया। एक अलसाए से रविवार के बाद, बिलकुल वैसे ही जैसे एक हफ्ते पहले आया था। और ठीक उसके भी एक हफ्ते पहले। और उसके पहले।

सुबह ग्यारह बजे से शाम पाँच बजे तक, अर्थत आने वालों के आने के तय समय से लेकर उनके आने के असल समय तक, चवन्नी विचलित ही रहा। उसकी खुशी ऐसी कि मामला सेट ही हो बस। पर असल समय पर भी वो तो क्या आए? उनका फोन आया।

"ये घाटी के पास चक्का जाम लगा है," फोन पर उधर से किसी ने कहा। मैं पहचान गया कि ये वो सी.ई.ओ. वाली आवाज नहीं थी। रहा होगा कोई साथ में, साइड-किक टाइप किरदार।

आधा हिसाब

"भरतपुर होकर आ रहे हैं क्या?" मैंने पूछा, "उधर तो महीनों से प्रदर्शन चल रहा है। मुझे लगा आप लोग रामपुर होकर आएँगे। हाँ! रास्ता थोड़ी दूर तक खुदा है। पर ठीक है। ख़ुदा तो दिल में भी है। इसमें कॉन्ट्रैक्टर और सरकार की क्या गलती?" मैंने थोड़ा रुक कर आगे कहा, "अब तो रामपुर वाला मोड़ भी नब्बे किलोमीटर पीछे छूट गया होगा।"

ये सारी बातें चवन्नी सुन रहा था। समझना मुश्किल नहीं था कि पार्टी ने रास्ता गलत चुन लिया है।

'अरे किसी से पूछना तो चाहिए था!' वो खुद में ही बड़बड़ाया।

दरअसल यह समस्या भरतपुर और आस-पास के गाँव के किसानों की थी। किसी प्राइवेट कंपनी के खिलाफ धरना देकर बैठे हैं बेचारे। महीनों हो गए। इसी चक्कर में उन लोगों ने लालटेन नगर आने का एक रास्ता जाम कर रखा है। भारत देश में यह स्थिति अक्सर एक आम बात होती है। ऐसी दिक्कतें तभी खास होती हैं जब निकट भविष्य में चुनाव हो।

चुनाव तो अब चार साल बाद होंगे। तब तक कहीं कोई एम.एल.ए. बिक गया तो अलग बात है। और भविष्य? चाचा नास्त्रोदमस भी लालटेन नगर के बारे में कुछ कहने से पहले अपनी अम्मा से राय लेते हैं।

सड़क महीनों से बंद पड़ी है। पर इस समस्या से जुड़े लोग आज तक इससे जुड़ नहीं पाए। किसान भाई बैठे हैं धरने पर, और कंपनी के मालिक नदारद। सरकार, कान में कुछ खराबी आने के कारण सुन नहीं पा रही है। और मीडिया के पास फिल्मी सितारों के छींकने की खबर है। पुलिस को बस तनख्वाह से मतलब है। और लोकल के बाकी लोगों को दूसरे रास्ते पता हैं। दिक्कत तो दिल्ली से आने वाले सी.ई.ओ. लोगों की है।

"आप लोग वहीं रुकिए," मैंने कहा, "हम आते हैं आपको लेने। बस दस मिनट।"

अब जो भी मुँह में आया, मैं कह गया। पर हाँ, 'दस मिनट' वाली बात को छोड़कर, एक-एक शब्द सच था।

देश में कोई भी राजनैतिक प्रदर्शन हो, सबकी नियमावली में दो नियम समान होते हैं। पहला- 'नियम कभी भी बनाए जा सकते हैं'। दूसरा- 'कोई भी नियम, नियम बनाने वाले पर लागू नहीं होगा'।

गाँव-कस्बों का प्रदर्शन ऐसा ही होता है। चक्का जाम कितना भी भयावह क्यों न हो जाए, प्रदर्शनकारी 'लोकल मिन्नतों' को कभी नजरअंदाज नहीं कर पाते। अब आप भले ही बैठे यूँ हों कि चाहे प्रधान मंत्री आ जाए किसी को इस रास्ते से जाने नहीं देंगे, पर अगर मौके पर आपके फूफा के चाचा के मामा के समधी आ ही गए, तो क्या कर लीजिएगा? अब कोई भी कहाँ तक नियम निपोरेगा?

यहाँ कोई हीरो हो चाहे विलेन, मारुती में आए चाहे ऑडी में, सबकी एंट्री धुआँधार होती है। सड़क पर धूल ही इतनी होती है। हालाँकि सफर बस इतना ही था कि लालटेन नगर से निकले और भरतपुर पहुँचे। पर पूरे अठारह मिनट और पच्चीस सेकंड बाद मैं चवन्नी के साथ मौके पर पहुँच गया। बिलकुल धुआँधार।

मोहन विद्या निकेतन नाम के एक छोटे से स्कूल के सामने, बड़े होकर एक सफल नेता बनने की चाहत रखने वाले, अधेड़ उम्र के चार-छह युवा, नाका लगाए बैठे थे। थोड़ी दूरी पर एक हैंड-पंप पर कुछ बच्चे खेल-कूद में व्यस्त थे। स्कूल के बाहर दरी बिछाए कुछ तथाकथित प्रदर्शनकारी 'भारत में राजनैतिक पतन' विषय पर युद्ध-स्तर पर शांतिपूर्ण चर्चा कर रहे थे।

यह एक भूख-हड़ताल था।

आधा हिसाब

वो 'भूख-हड़ताल', जिसमें कार्यकर्ताओं को भूख लगने के बाद सिर्फ 'हड़ताल' बचता है। शाम आते-आते 'हड़' चढ़ जाता है शराब की भेंट और फिर- ताल-से-ताल मिला। अगली सुबह नए जोश के साथ नया भूख-हड़ताल।

"नेता जी कहाँ है भाई?" चवन्नी ने स्कूल के बाहर बैठे उन लोगों से पूछा।

"आते ही होंगे," उनमें से एक ने बड़ी बेतकल्लुफी के साथ कहा।

"श्रीवास्तव जी का पेट खराब चल रहा है आजकल। दिन में छह-सात बार तो जाना ही पड़ता है कम-से-कम," दूसरे टुटपुँजिए ने कहा।

"अबे तो कौन सा तुम्हारी अम्मा से पानी भरवाते हैं। लोटा उठाए, पंप से पानी भरा और निकल गए खेत। अब सात बार जाएँ चाहे सत्रह। तुमको क्या करना है?" अपने बीच में ही ये बात कहकर सभी हँसने लगे।

"दिल्ली से आ रहे थे कुछ लोग। थोड़ी देर पहले आए होंगे नाके पर। उनको भी रोक दिए क्या?" उनकी मस्ती में हैंड-ब्रेक लगाते हुए मैंने पूछा।

"अमरीका से आते तो भी रोक देते। मजाक थोड़ी चल रहा है यहाँ," उनमें से एक गुनगुने मिजाज के व्यक्ति ने कहा। वैसे उसमें काबिलियत तो गर्म मिजाज होने की भी थी। पर यही तो अंतर है एक कार्यकर्ता और मुख्य कार्यकर्ता में। गर्म मिजाज सिर्फ 'मुख्य कार्यकर्ता' हो सकते हैं। सामान्य कार्यकर्ताओं को अपना मिजाज गुनगुने तक ही सीमित रखना पड़ता है।

"उधर बैठे होंगे, उस पार टपरी पर," किसी ने कहा।

"अबे! तुम लोग अलग इंडिया-पाकिस्तान बना कर बैठे हो," चवन्नी अपने रंग में आते हुए बोला, "उधर-इधर क्या होता है?"

"उधर होता है इधर आने का मन, और इधर होता है अनिश्चित कालीन अनशन," गुनगुने मिजाज वाले कार्यकर्ता ने मुँह बना कर कहा।

"क्या कह दिया है गुरु!" दूसरे टुटपुँजिए ने कहा, "वाह! इतने टशन में तो फिल्में हिट हो जाती हैं।"

सब फिर बेवजह खुश हो गए।

अनशन कार्यकर्ताओं को मनोरंजन की विलासिता प्राप्त नहीं होती। और गाँव-कस्बे वालों को तो कतई नहीं। उनके पास हँसने-बोलने के लिए जो कुछ है, वो यही चुहलबाजी है। इतने में ही उनको खुश रहना पड़ता है।

"एक बात बताओ," मैंने पूछा, "ये चार-छह लोगों में तुम लोगों का हड़ताल पूरा हो जाता है?" सामने से कोई जवाब नहीं आया। मैंने आगे कहा, "और ये सब करके दिखा किसको रहे हो? है कौन यहाँ, तुम्हारी सुनने वाला?"

"बात चार-छह लोगों की नहीं है," पीछे से भारी आवाज में किसी ने कहा। मैं और चवन्नी पलटे। बाकी चेले-चपाटी उठ खड़े हुए।

लगभग पचास-पचपन वर्ष की आयु। सीना तना हुआ। आँखों में तेज। लंबी दाढ़ी। सधे हुए मूँछ। और झक सफेद धोती-कुर्ता। सबके कानों में प्रेरक संगीत बजने लगा।

वो आगे बोले, "कोई सुनने वाला न हो तो क्या आवाज न उठाएँ? यही मानसिकता तो देश को आगे बढ़ने से रोक रही है। जहाँ आवाज की जरूरत है वहाँ लोग चुप हो जाते हैं। जहाँ कुछ करने की जरूरत है वहाँ लोग हाथ-में-हाथ रख कर बैठ जाते हैं। सब को उनका हक चाहिए। पर कोई किसी के हक के लिए लड़ना नहीं चाहता। और ये तो हमारा फर्ज है कि हम कमजोरों के साथ, उनके लिए खड़े हों। चाहे सामने कोई भी आ जाए। इस बात से फर्क नहीं पड़ता कि

आधा हिसाब

आपकी जंग कौन देख रहा है। फर्क इस बात से पड़ता है कि जिस चीज के लिए आप लड़ रहे हैं, वो सही है या गलत। ये आंदोलन चलता रहेगा। कोई देखने वाला हो या ना हो। तब तक, जब तक प्रशासन होश में नहीं आ जाती।"

इसके बाद इसी ताव में वो लोटा लिए हैंड-पंप की ओर बढ़ गए। हाथ धोने।

इस भाषण के बाद ये तो समझ आ गया कि इन महाशय को विरोध प्रदर्शन करने के लिए चार-छह लोगों की जरूरत भी नहीं है।

हरिदास श्रीवास्तव, ये नाम इस इलाके में इज्जत के साथ लिया जाता है। भरतपुर के रहने वाले श्रीवास्तव जी पेशे से टेलर हैं, और पार्ट-टाइम आंदोलनकारी भी। लोग प्यार से उन्हें नेता जी कहकर बुलाते है। वो देश के पहले व्यक्ति होंगे जो नाम से नेता और काम से आंदोलनकारी होने के बावजूद राज करने वाली राजनीति से कोसों दूर हैं। एक बार कोई आया था, पार्षद के चुनाव का टिकट देने। पतलून सिलवा कर वापस चला गया।

फिलहाल मैं और चवन्नी नेता जी के पीछे-पीछे हैंड-पंप की ओर हो लिए।

"हमारे मित्र लालटेन नगर आना चाहते हैं," पंप पर पहुँचकर चवन्नी ने कहा। मैं उनके लिए पानी चलाने लगा। "इसी रास्ते पर हैं। लड़कों ने उन्हें भी नाके पर रोक दिया। उन्हें जाने दे देते तो बहुत मेहरबानी रहती। दिल्ली से आए हैं बेचारे। नाहक परेशान हो रहे हैं।"

नेता जी ने तसल्ली से हाथ धोया।

फिर पैर धोया।

उसके बाद लोटा धोया।

अब बारी थी चवन्नी की।

"आपको लग रहा है की हम यहाँ नाहक ही लोगों को परेशान करने के लिए बैठे हैं," उनके शब्दों की मधुरता जाने लगी।

"मेरा मतलब वो नहीं…"

"मतलब तो साफ है। हम और हमारे किसान भाइयों की परेशानी कुछ नहीं, और दिल्ली वालों की छोटी सी दिक्कत 'नाहक' हो गई। अंदाजा भी है आपको कि ये चक्का जाम हमने क्यों लगाया है? आपको पता भी है कि यहाँ हम किसके हक के लिए लड़ रहे हैं? कहाँ पता होगा। आपको तो लगता है कि हम यहाँ अपने मजे के लिए बैठे हैं। कोई काम नहीं था तो चले आए डेरा लेकर महीनों से इस सड़क पर। एक बात याद रखियेगा महाशय, प्रतिवाद से इंसाफ है और इंसाफ से इंसानियत। और हमारा ये प्रतिवाद तब तक चलेगा, जब तक हमारे किसान भाइयों को इंसाफ नहीं मिल जाता।"

सब-कुछ धुल चुका था। चवन्नी का मुँह छोटा हो गया, उसके दिमाग जितना। इस लघु भाषण के बाद नेता जी टुटपुँजिओं की ओर चले। हम दोनों फिर पीछे-पीछे हो लिए।

"आप लोग कितनी भी मिन्नतें कर लीजिए, पर रास्ता किसी के लिए नहीं खुलेगा," अपने फैसले पर मुहर लगाते हुए उन्होंने फिर कहा।

किसी भी प्रदर्शन के तीन मुख्य स्तंभ होते हैं- कारण, कार्यकर्ता और नेता। किसी भी 'सफल प्रदर्शन' के चार मुख्य स्तंभ होते हैं- कारण, कार्यकर्ता, नेता और मीडिया। यहाँ हो रहे प्रतिवाद में मीडिया का नाम-ओ-निशान नहीं था। अब समय था यह बात नेता जी को समझाने का।

"नेता जी एक बार ये तो देख लीजिए कि वो लोग हैं कौन," मैंने कहा।

"कोई भी हों। नियम सबके लिए एक समान रहेगा।"

आधा हिसाब

"अखबार वालों के लिए भी?"

कदम रुक गए। आस-पास की सारी आवाजें अचानक गैर-जरूरी हो गईं। नेता जी इत्मीनान के साथ हम दोनों की ओर मुड़े।

"आप अखबार से हैं?" उन्होंने पूछा। इसके साथ उनके शब्दों की मधुरता वापस आने लगी।

इस अचानक बदले तेवर से यह तो साफ हो गया कि उनको चौथे स्तंभ का महत्व पहले से ही पता था। अब मछली को क्या बताएँ कि पानी कितना जरूरी है?

"हम नहीं," चवन्नी बोला, "हम तो न्यूज एजेंसी से हैं। पर जो उस पार इधर आने को ताके खड़े हैं वो 365 न्यूज से हैं। दिल्ली का काफी मशहूर अखबार है। उसी के सी.ई.ओ. हैं।"

सही नेता की यही पहचान होती है कि उसको पता होता है, गधे को बाप की उपाधि कब देना है। 'कोई सुनने वाला न हो तो क्या आवाज न उठाएँ' ये सब कहने-सुनने की बातें हैं, भाषण और किताबों में अच्छी लगती हैं।

"अरे! तो पहले बताना था भाई," वो चेहरे की भावनाएँ बदलते हुए बोले, "बेवजह ही परेशान होना पड़ा। माना हमारा कोई संकल्प है, पर इतना बड़ा भी थोड़ी कि जिसके लिए लिया उससे ही भिड़ जाएँ। हमारा तो उद्देश्य ही अपनी बात मीडिया तक पहुँचाना है। तब तो वो बात आगे बढ़ाएँगे। हमको क्या पता कि मीडिया खुद चल-कर हमारे पास आ गई है।"

एक कूट-नीतिक हँसी हँसकर उन्होंने आगे कहा, "अरे अब देख क्या रहे हैं। बुलाइए भाई।"

बस फिर क्या था? अजी पूछिए क्या नहीं था

सी.ई.ओ. साहब को बॉर्डर पार चार लड़के अलग से लेने गए। स्कूल से कुर्सियाँ बाहर निकाल ली गईं। गुनगुने मिजाज वाले व्यक्ति के मजबूत कंधों पर चाय-पकौड़े की व्यवस्था का कार्यभार सौंपा गया। जल्दी जाने की इच्छा रखने वाले मेहमानों को नेता जी ने दो घंटे और बैठा कर रखा। मेहमान-नवाजी हुई। सही-गलत, जरूरी गैर-जरूरी, न्याय-अन्याय, सारे मुद्दे उठे। और आखिरी में उठा मुद्दा किसानों के प्रदर्शन का।

पर इस देश में मुद्दों का क्या है? हर चाय पर चार उठा कर बैठा दिए जाते हैं।

नेता जी धीरे से अपने प्रदर्शन का इतिहास बताने लगे। बात समस्या की जड़ से लेकर समाधान तक गई। पर दिन भर के सफर और इंतजार से थके मेहमान, बात के साथ उतनी दूर तक ही जा सके जितनी दूर तक चाय और पकौड़े ने साथ दिया। बाकी तो बस नेता जी का कहना था, और हम सब का 'हाँ' में सिर हिला देना।

गलत स्थिति में कही गई सही बात का उतना ही महत्व है जितना जनरल कोटा वाले लड़के का फॉर्म, सरकारी नौकरी में।

विदा लेकर घर पहुँचते-पहुँचते रात हो गई।

वैसे तो पहुँच के दो मतलब होते हैं। एक जो डिक्शनरी में लिखा है। दूसरा वो जो व्यवस्था से निपटने में काम आता है। व्यवस्था से निपटने में पूरा दिन पहले ही जा चुका था। अब मेहमानों का कहना था कि बस एक बिस्तर मिल जाए, बाकी तो कल पहुँचेंगे जहाँ पहुँचना होगा। डिक्शनरी के हिसाब से भी, और डिक्शनरी के हिसाब से नहीं भी।

रात के नौ बज रहे होंगे। तहसील की औकात के दायरे में रहते हुए, एक सस्ता, सुंदर और टिकाऊ लॉज देखकर सबकी व्यवस्था बनाई गई। इस देश में व्यवस्था के भी दो मतलब होते हैं। एक जो

आधा हिसाब

डिक्शनरी में लिखा है। दूसरा वो जो थकान से निपटने में काम आता है। दोनों का जुगाड़ जमाया गया। साथ में चखना मिल जाने के बाद, सब और भी खुश हुए।

अगले दिन मशीनों की बात करने का निर्णय हुआ। मैं और चवन्नी उनसे विदा लेकर वापस घर लौट गए।

5. पुरानी बातें

आम तौर पर हर जगह की कोई-न-कोई खास बात होती है। जैसे इंदौर के पोहे, दिल्ली की गाली, बनारस के घाट और लखनऊ की चाट। पर हमारा लालटेन नगर आज तक इस सुख से वंचित रहा है। कड़वे शब्दों में कहें तो लालटेन नगर की प्रसिद्धि वहाँ तक ही सीमित है, जहाँ तक यहाँ के नगर-निगम का दायरा।

इस जगह के इतिहास में आज तक जो सबसे ज्यादा क्रांतिकारी हुआ है, वो है विकास। असली वाला नहीं। विकास एग्रो प्राइवेट लिमिटेड।

इस कहानी के मुख्य पात्र हैं राधे सुंदर अग्रवाल। माँ-बाप नाम तो यही सोच कर रखते हैं कि लड़का बड़ा हो कर, किसी भी तरीके से, अपने नाम के अनुरूप होगा। आकाश, धीरज, अमर। पर इस कलयुग में 'आकाश' अपनी सोच में सिमटा हुआ है, 'धीरज' अधीर है, और 'अमर' की जेब में सिगरेट के बंडल बताते हैं कि वो और कुछ भी हो सकता है, पर अमर नहीं। ऐसे में राधे सुंदर की सुंदरता कितनी है-कितनी नहीं, सब निरर्थक बातें हैं।

एक समय अग्रवाल साहब यहाँ के बहुत बड़े व्यापारी थे। उनकी 'पहुँच' के बारे में ऐसा कहा जाता था कि जिस रास्ते हवा भी न पहुँचे आधे, वहाँ पहुँचे अपने राधे। पूरे इलाके में खेती किसानी का सारा सामान, जनरेटर, खाद, बीज, तार, सब-कुछ उनके आशीर्वाद से ही

मिलता था। किसान खेतों में कम, अग्रवाल साहब की दुकान पर ज्यादा दिखते थे। उनकी प्रभुताई का असर यह था कि चुनाव में नेता घर-घर न जा कर सीधे अग्रवाल साहब के यहाँ पहुँचते थे। और साहब की हर-एक से घनिष्ठता ऐसी की नेतागण इस इलाके में जातिवाद की राजनीति बाद में खेलते थे, पहले अग्रवाल साहब का समर्थन बटोरते थे।

*** *** ***

पिछला चुनाव जीतने के बाद यहाँ के विधायक जी ने अग्रवाल साहब और एक तीसरे व्यक्ति के साथ मिलकर छोटा सा खेल खेला।

आठवीं कक्षा में विज्ञान में कूट-कूट कर पढ़ाया जाता है- 'परिप्रेक्ष्य भ्रमित कर सकता है'। पर एक तो भोलापन। दूसरा इस देश की शिक्षा व्यवस्था का दिया हुआ ब्रम्हास्त्र- अंधाधुंध रटने की दिव्यशक्ति। बच्चे नौवीं में तो आ जाते हैं, पर उनकी समझ में कुछ नहीं आता।

वैसे परिप्रेक्ष्य वाली बात तो सही है। धरती से देखो तो लगता है कि सूरज धरती का चक्कर लगा रहा है। पर आकाश गंगा के बाहर से देखो तो सूरज अपनी जगह पर है, और धरती घूम रही है। अब गाँव-कस्बे-शहर के हिसाब से पंद्रह-बीस करोड़ का खेल बड़ा है। पर इसी तराजू में अगर देश के दूसरे बड़े स्कैम को रख दो, तो खेल अपने-आप छोटा हो जाता है।

अग्रवाल साहब वाला खेल चार लोगों के बीच खेला गया था।

पहले अपने विधायक जी। दूसरी उनकी कंपनी- विकास एग्रो प्राइवेट लिमिटेड। तीसरा, वो तीसरा व्यक्ति। और चौथे, आस-पास के गाँव के कुछ चार-साढ़े-चार-सौ किसान।

आधा हिसाब

एक योजना किसी के लिए 'स्कीम' होती है तो किसी के लिए 'स्कैम'। चार लाइन ऊपर का तो मुद्दा ही यही था कि परिप्रेक्ष्य कितना महत्वपूर्ण है।

*** *** ***

अग्रवाल साहब की छोटी सी दुकान के सामने, एक दिन बड़ा ही भव्य आयोजन हुआ। आयोजन काहे का? कोई नहीं जानता। बस कुछ था। पूरे इलाके के किसानों को निमंत्रण दिया गया था। खचा-खच भीड़। गमले में पौधे लगाने वाले लोग भी उस दिन खुद को किसान कह रहे थे। अब गुलाब जामुन का मोह ही ऐसा है। क्या करें बेचारे?

समारोह में विधायक जी की उपस्थिति खिचड़ी में घी का काम कर रही थी।

एक पूरा हिस्सा खाने के अलग-अलग स्टालों से भरा पड़ा था। दूसरी तरफ बैठने की व्यवस्था थी। उसी व्यवस्था के ठीक सामने एक छोटा सा स्टेज, और उसी स्टेज पर था 'तीसरा व्यक्ति'।

उस तीसरे व्यक्ति का व्यक्तित्व सादे पान से भी ज्यादा सादा समझ पड़ रहा था। ये कह लो कि सुपारी भी नहीं। अधेड़ उम्र, आँखों पर चश्मा, होंटों पर मुस्कान और देवताओं सा धैर्य। कपड़ों के नाम पर सफेद शर्ट और चार प्लेट वाला साधारण सा पैंट। कुल मिला कर व्यक्तित्व ऐसा था कि जिस पर भरोसा किया जा सके।

माहौल को बाँधते हुए, अग्रवाल साहब स्टेज पर आए। गुलाब जामुन से अपना कीमती ध्यान हटा कर अग्रवाल साहब को देना, किसानों के लिए कठिन था। फिर भी उन्होंने किया। दो-तीन माइक टेस्ट के उद्देश्य से कहे गए शब्दों के बाद, मूल संबोधन शुरू हुआ।

"दोस्तों! आज बहुत ही खुशी का दिन है। और मेरी इस खुशी का संबंध सीधा आपसे है। भरतपुर के किसानों से है। हमारे पूरे जिले के

किसानों से है। दोस्तों! मैं कई दिनों से, सरकार से, किसानों को उनकी फसल की लागत में सब्सिडी देने की दरखास्त कर रहा था। एक मंत्रालय से दूसरे। और दूसरे से तीसरे। मैं हर जगह गया। मैंने कोई कसर नहीं छोड़ी। जितनी दूर जाना पड़ा, मैं गया। जितनी बातें सुननी पड़ीं, मैंने सुनी। वो सब कुछ किया जो मैं कर सकता था। सिर्फ अपने किसान भाइयों के लिए।"

उनकी आवाज समा बाँध चुकी थी। जादू दिखने लगा था। सब खाने के स्टाल से हटकर स्टेज की ओर आने लगे। गुलाब जामुन रखे रह गए।

अग्रवाल साहब एक छोटे से विराम के बाद आगे बोले, "दोस्तों! इन सब के पीछे की दौड़-भाग और मेहनत का नतीजा अब सामने आ गया है। खास हमारे जिले के लिए, सरकार ने हमारे क्षेत्र के ग्रामीण बैंक के साथ मिल कर एक नई योजना शुरू की है। मुझे बताते हुए बहुत गर्व और खुशी हो रही है कि अगले तीन महीने के अंदर, जिले के सभी किसानों को पंद्रह-पंद्रह हजार रुपए की सब्सिडी दी जाएगी।"

वहाँ उपस्थित लोगों में किसी को सब्सिडी का मतलब तो नहीं समझ आया, पर पंद्रह हजार सुन कर, सब खुश जरूर हो गए।

"इस योजना की आगे की जानकारी के लिए मैं स्टेज पर बुलाना चाहूँगा, हमारे क्षेत्र के ग्रामीण बैंक, लालटेन नगर ब्रांच के मैनेजर, श्री योगीनाथ त्रिवेदी जी को। तालियाँ!"

इसके बाद दो चीजें हुईं।

पहला तो ये कि सभी किसान-जन बिना किसी भेदभाव के, त्रिवेदी जी के लिए भी उसी उत्साह के साथ ताली बजाने लगे, जिससे अग्रवाल साहब के लिए बजाया था। दूसरी चीज ये हुई कि इस उद्घोष के बाद उस तीसरे व्यक्ति ने अपनी जगह से उठ कर, माइक संभाल लिया।

आधा हिसाब

मैनेजर साहब ने अपना वक्तव्य अपने परिचय से शुरू किया। उसके बाद उन्होंने किसानों को सब्सिडी का गणित समझाना शुरू किया। यही कोई बीस-पच्चीस मिनट का भाषण रहा होगा।

किसान बहुत कुछ है, पर पैसे के मामले में समझदार नहीं।

उनको तो बस इतना ही समझ आया कि हर एक किसान को बैंक जाना है। वहाँ जाकर जमीन के कागज दिखाने हैं। फसल की लागत बतानी है। परिचय पत्र और कुछ दूसरे प्रमाण मैनेजर साहब को देने हैं। वो जहाँ कहें, अँगूठा लगाना है। और अपने पंद्रह हजार लेकर घर आना है। बस।

इसके बाद उन रुपयों की चाहे दारू पी लो या आग लगा कर ताप लो। न मैनेजर साहब कुछ कहेंगे, और न ही सरकार।

स्कीम में कुछ भी खोने जैसा नहीं था। सिर्फ पाना-ही-पाना था। और 'पाना' किसको बुरा लगता है? सबको इस बात में आनंद आ गया।

अगले तीन महीने अग्रवाल साहब की दुकान में होने वाली भीड़, बैंक में होने लगी। पूरे जिले में जैसे क्रांति आ गई थी। देश में जब आंदोलन होता है तब सब दिल्ली जाते हैं। भरतपुर में जब क्रांति हुई, सब बैंक जा रहे थे। यहाँ-वहाँ नुक्कड़ों पर, पान ठेलों पर, देशी शराब के ठेकों पर, हर जगह बस एक ही चर्चा हो रही थी... पंद्रह हजार। गाँव की औरतों ने एक-दूसरे की बुराई छोड़ कर, इस योजना पर परिचर्चा शुरू कर दी। बच्चे अब 'घर-घर' छोड़ कर 'बैंक-बैंक' खेलने लगे। कोई जमीन के कागज ढूँढ रहा था, तो कोई उनकी नकल निकलवा रहा था। कोई तहसील के चक्कर काटने लगा, तो कोई कोर्ट के। पंद्रह हजार के मोह में लोगों ने बँटवारे तक कर लिए। घर में चार चूल्हे हों, तो पंद्रह हजार भी तो चार बार मिलेंगे। पूरे इलाके में इतनी व्यापक खुशी की लहर तब भी नहीं आई थी जब देश आजाद हुआ था।

खैर, सब कुशल-मंगल रहा और योजना सफल रही। किसानों को एक दर्शन कलेक्टर ऑफिस पर देना पड़ा और दूसरा बैंक में। पैसे मिलने के बाद पूरा इलाका खुश था। गाँव के लोगों का इतना फायदा तो चुनाव प्रचार के चार महीनों में भी नहीं होता है जितना चार दिन में हो गया। स्कीम सबको सचमुच बहुत पसंद आई।

*** *** ***

स्कीम खत्म हो जाने के कुछ दिनों बाद, एक दिन अचानक अग्रवाल साहब की दुकान पर ताला लगा मिला। खबर आई कि साहब अब अमेरिका में मिलेंगे। भारत में सारी संपत्ति बेच कर अब वो विदेश चले गए हैं, वहाँ के किसानों की मदद के लिए।

लोगों को इस बात से इतना ही फर्क पड़ा कि एक दिन चाय पर चर्चा हुई, और अगले दिन सब भूल गए। इंसान अच्छा था। अमेरिका सचमुच धन्य हो गया होगा, अग्रवाल साहब को पाकर।

इसके बाद कहानी में एक इंटरवल आया। इस बीच मेनेजर साहब भी रिटायर हो गए। यह इंटरवल पूरे ढाई साल तक चला। लोग तो कहानी भी भूल चुके थे। कहानी के दो मुख्य पात्र- अग्रवाल साहब और मैनेजर साहब, अब आम पहुँच के बाहर जा चुके थे। ये वो समय था, जब स्कीम अचानक स्कैम में तब्दील हो गई।

पूरे इलाके के कुछ चार साढ़े-चार सौ किसानों को बैंक से नोटिस आया। संक्षिप्त में, यह नोटिस एक आखिरी चेतावनी थी। इसमें लिखा था कि अगर अगले साठ दिनों में आपने अपने ऋण का भुगतान नहीं किया, तो बैंक में गिरवी रखी आपकी जमीन नीलाम कर दी जाएगी।

आधों को तो लगा कि बैंक वालों को कहीं से बढ़िया वाला गाँजा मिल गया है। कुछ भी लिख-लिख कर भेज रहे हैं। कुछ व्याकुल लोग जब ब्रांच पर साक्षात पहुँचे, और उन्हें स्थिति की गंभीरता समझाई गई, पूरे इलाके में तहलका मच गया। सभी किसानों पर अलग-अलग

आधा हिसाब

मूल्य के ऋण थे। किसी पर चार लाख, तो किसी पर छह। जिसकी जितनी जमीन, उतना उसका लोन। सबसे बड़ी चालाकी यह की गई थी कि खेती की जमीनों को सबसे पहले डायवर्ट करके व्यावसायिक भूमि में तब्दील किया गया। उसके बाद उन जमीनों को गिरवी रख कर ऋण उठा लिया। कागजों पर अंगूठे जरूर किसानों ने ही लगाए थे, पर लोन का पैसा उन तक कभी पहुँचा ही नहीं। उनको तो मिले थे वो पंद्रह हजार, और ढाई साल का सुकून। बस।

मैंने तो पहले ही कहा है, किसान बहुत कुछ है, पर पैसे के मामले में समझदार नहीं।

बैंक के द्वारा दिया गया वक्त खत्म होने के बाद जब जमीनों की नीलामी हुई, तब एक बार फिर कहानी में आए विधायक जी। और इस बार साथ में आई उनकी कंपनी विकास एग्रो प्राइवेट लिमिटेड। उस नीलामी में पूरे इलाके की जमीन विकास एग्रो प्राइवेट लिमिटेड ने खरीद ली। व्यावसायिक भूमि होने के कारण, नीलामी में कोई दिक्कत नहीं आई। कुछ एफ.आई.आर. भी हुए। थोड़े दिन केस भी चला। पर विधायक जी ने न्याय व्यवस्था में एक चुटकी राजनीति मिला कर परिणाम को अपने स्वाद अनुसार कर लिया।

किसान जब-तक समझदार हुए, उनका सब-कुछ जा चुका था।

6. यक्ष प्रश्न

लालटेन नगर तहसील है। पर यहाँ के लोगों में कॉन्फिडेंस जिले वाला है। इंसान के अंदर भरे जरूरत से ज्यादा उम्मीद का फिल्मी नाम ही तो 'कॉन्फिडेंस' है। उगती सुबह से ढलती शाम तक, आखिरी नुक्कड़ से पहले बगान तक, बनवारी की मिठाई से चौबे जी की पान तक, यहाँ हर जगह उम्मीद-ही-उम्मीद है।

जैसे इक्कीस साल पहले जिले का जो पहला एस.टी.डी.-पी.सी.ओ. खुला था, वो आज भी चल रहा है। अब चल तो क्या रहा है, इतना समझ लीजिए कि बस चौराहे पर 'है', एक छोटी सी उम्मीद लिए कि एक दिन अचानक दुनिया के सारे मोबाइल फोन गायब हो जाएँगे और पी.सी.ओ. के वही पुराने, जवानी वाले दिन वापस आ जाएँगे।

किसी को लगता है कि इंजीनियरिंग करके अच्छी नौकरी मिल जाएगी। तो कोई सोचता है कि टी.वी. में विज्ञापन देखकर मँगवाए गए तेल से सिर के बाल फिर उग आएँगे। कोई आशिक आज भी उस लड़की के वापस आने का इंतजार कर रहा है जिसने आठवीं कक्षा में हाथ पकड़ कर कहा था- मैं सिर्फ तुम्हारी हूँ। तो कोई इस उम्मीद में है कि एक दिन कोई उम्मीद मिलेगी।

दुनिया का पता नहीं, पर लालटेन नगर उम्मीद पर जरूर कायम है।

आधा हिसाब

आप दुनिया के किसी भी शहर चले जाइए, वहाँ के लोगों में कोई-न-कोई ऐसी बात होती है, जो उन्हें बाकी जगह के लोगों से अलग बनाती है। कहीं-न-कहीं, लोगों की ये प्रवृत्ति, उस जगह की खासियत हो जाती है। अब लखनऊ से कोई आता है तो सब यही मानते हैं ना कि तहजीब वाला होगा। बंदा भले बिना गाली के कुल्ला भी न करे। मेरठ से कोई आ जाए तो गर्म-मिजाज।

ऐसे ही लालटेन नगर के लोगों में है 'खुशमिजाजी'। यहाँ कोई ज्यादा लोड नहीं लेता। कॉन्फिडेंस के बारे में तो पहले ही बता दिया है मैंने।

यहाँ हर किसी के लिए पूरी दुनिया गुरु है। और वो खुद- महागुरु।

आप तो बस सुबह-सुबह निकल जाइए लालटेन नगर की खाली सड़कों पर। और उसको भरते हुए देखिए, धीरे-धीरे। किसी ठीक-ठाक भीड़ वाली गुमटी पर जाइए और कहिए 'एक चाय देना'। अगर वो कुछ और पूछे तो बिना कुछ सोचे कहना है 'स्पेशल'। इसके बाद भी कोई सवाल आए तो कहिए 'फुल'।

कुछ देर में आपके हाथ में होगी एक कुल्हड़ अदरक वाली स्पेशल चाय। अब बस धीमी चुस्कियों के साथ देखिए शहर को, यहाँ के लोगों को, शून्य से अनंत होते हुए। हर नया आया हुआ व्यक्ति यही करता है। दरअसल देश के किसी भी शहर को समझने के लिए यही करना चाहिए। भोर की खाली सड़कों से, दोपहर की खचा-खच भीड़ होने तक के सफर में शहर की आत्मा नजर आती है।

*** *** ***

"अरे! जलज जी," मैंने कहा।

नुक्कड़ पर एक छोटी सी गुमटी में सी.ई.ओ. साहब नजर आए। मुझे बड़ा ही आश्चर्य हुआ। सुबह के साढ़े-सात बजे, लॉज से 'डेढ़' किलोमीटर दूर सिर्फ उसका ही नजर आना तर्कसंगत हो सकता है, जिसको प्रेसर बनाने के लिए कम-से-कम 'तीन' किलोमीटर चलने

की जरुरत होती है। मैंने अचरज की मुद्रा में आकर पूछा, "बड़ी सुबह उठ गए? नींद अच्छी नहीं आई क्या?"

मैंने सोचा था कि दफ्तर जल्दी पहुँच कर मशीनों की थोड़ी साफ-सफाई कर दूँगा। ऐसा न हो कि सामने वाला धूल देखकर ही दिमाग लगाना छोड़ दे। बस इसलिए जल्दी निकल आया था। कौन जानता था कि रास्ते में ही सी.ई.ओ. साहब के दर्शन हो जाएँगे।

"अजी बहुत बढ़िया आई," चाय की आखिरी घूँट पीकर उन्होंने खड़े होते हुए कहा, "मेरी तो आदत है भोर में उठने की। नींद खुल ही गई तो सोचा आस-पास घूम लिया जाए। नई जगह आए हैं, तो यहाँ से कुछ तो लेकर जाएँ। खैर आश्चर्य तो है। कल रात जैसी थकान थी, उसके बाद भी उठ गया।"

हो सकता है कि जनाब को सच में नींद न आई हो और ये सुबह-सुबह उठने की डींग, बस हाँकने भर की बात हो। पर उनके दावे पर मैंने कोई सवाल नहीं उठाया। बस एक बार मशीन बिक जाए।

इतनी देर में वो मेरे करीब आ गए।

"आइए ना, चाय पीते हैं," उन्होंने ऐसे कहा जैसे अभी बीस सेकंड पहले एक खाली कुल्हड़ पीछे छोड़ा ही न हो। "कल तो कुछ बात ही नहीं हो पाई।"

मैं आग्रह ठुकरा न सका। उनके साथ, वापस उस गुमटी में जाकर बैठ गया।

'दो चाय देना'

'स्पेशल'

'फुल'

*** *** ***

आधा हिसाब

"जगह बहुत प्यारी है," उन्होंने कहा।

"लोगों को सड़कों पर आने तो दीजिए," मैंने उनके भ्रम को तोड़ने की कोशिश की, "शायद विचार बदल जाएँ।"

उन्होंने इस छोटे से सच को मजाक मानकर मुस्कुरा दिया। वैसे हाथ में कुल्हड़ वाली चाय लेकर बैठे इंसान का 'मुस्कुराना' कोई अलग से किया गया काम नहीं होता है। ये तो उसकी प्रकृति का ही एक हिस्सा हो जाता है।

"ये किसान आंदोलन यहाँ सच में बड़ा मुद्दा है क्या?" कुछ गहरी बात करने का अभिनय करने जैसी मुद्रा में आकर, जलज जी बोले।

"अखबार से तो 'आप' हैं," मैंने कहा, "आप ही बताइए कौन सा मुद्दा बड़ा है, और कौन सा छोटा।"

"आप तो ऐसे कह रहे हैं जैसे हमारे काम में न्यूज एजेंसी की कोई भागीदारी ही न हो।"

"रहती होगी। बेशक, किसी दुनिया में। पर जिस अदना से स्तर पर हम लोग काम करते हैं वहाँ तो जैसे ही हमने खबर आगे पहुँचाई, वैसे ही हमारी भागीदारी खत्म। छपे, नहीं छपे, क्या पता? खबर को बड़ा-छोटा तो आप लोग ही बनाते हैं- पहले से आठवें पन्ने में कहीं।"

"विडंबना तो यही है सरकार," उनकी आवाज में थोड़ी हताशा झलकने लगी थी, "छापने वाले का बस, तो बस छोटी खबर तक ही चलता है। खबर बड़ी हो तो निर्देश आते हैं। आप तो ये मान लीजिए कि हमारे कलम तभी आजाद हैं, जब मुद्दा राजनैतिक न हो।"

"फिर तो किसान आंदोलन पर भी कोई निर्देश आया होगा," मैंने उत्सुकतावश पूछा, "आप और मैं अभी चाहे कितनी ही बातें बना लें, मुद्दा तो ये बड़ा ही है। और राजनैतिक भी।"

"सही कह रहे हैं," चाय की आखिरी घूँट पीकर उन्होंने कहा, "शुरुआत में ही इस मुद्दे को कवर करने से मना कर दिया गया था। अक्सर दूसरे केसेस में नैरेटिव सुपरवाइज़ करते हैं। क्या लिखना है? कब लिखना है? जो लिखा है वो सही है या नहीं? पर इसमें तो साफ हिदायत थी- कवर ही मत करो।"

"और आप लोग मान गए?"

"सरकार! जान प्यारी हो तो मानना पड़ता है," उन्होंने हँस कर कहा। समझ पाना मुश्किल था कि उन्होंने जो कहा वो मजाक था या सच।

इसके बाद थोड़ी देर तक खामोशी छाई रही। शायद हम दोनों एक-दूसरे की बातों को हजम कर रहे थे। या शायद दोनों ही बस चुप रहना चाहते थे। या शायद बातों-ही-बातों में हम उस बात पर आ गए थे, जिस पर दो अनजान लोग बात नहीं करते।

"चलिए," जलज जी ने चुप्पी तोड़ी। मेरी कुल्हड़ भी खाली होते देख उन्होंने आगे कहा, "एम.एन.ए. की ओर चलते हैं। मशीन देख लेते हैं और कुछ काम की बात भी कर लेंगे।"

"अभी?" मैं सकपकाया।

सकपकाने का कारण बस इतना सा था कि लालटेन नगर में दिन चढ़ने के पहले कोई काम की बात सोचता भी नहीं है। कहते हैं पाप लगता है। अभी तो आठ भी नहीं बजे थे। पर फिर लगा कि सी.ई.ओ. साहब दिल्ली वाले हैं। उनका चलता है।

"और क्या?"

"हाँ! हाँ! चलिए। काल करे सो आज कर, आज 'चार घंटे बाद' करे सो अब," मैंने कहा और दोनों मुस्कुराने लगे। चाय वाले को पैसे देकर वहाँ से हम विदा हुए।

आधा हिसाब

'कचरा' इस पृथ्वी पर मानव के 'होने' की एकमात्र निशानी है। इंसान ने प्रकृति को कचरे के अलावा और कुछ नहीं दिया है। इसका सबूत है शहर भर यहाँ-वहाँ पड़े कचरे के ढेर। इन ही ढेरों से कदम बचाते हुए हम आगे बढ़ रहे थे। सड़क पर चहल-पहल अब बढ़ने लगी थी। हर दूसरे घर के बाहर, बच्चे स्कूल-बस का इंतजार कर रहे थे। कुछ दुकान खुल गए थे। कुछ अभी खुलने बाकी थे।

ऐसा क्या है जो बड़े शहरों को 'बड़ा शहर' बनाता है?

कुछ लोग कहेंगे- जनसँख्या, क्षेत्रफल, वगैरह, वगैरह। पर ये बातें आई.ए.एस-वाई.ए.एस. के सिलेबस में ही अच्छी लगती हैं। अगर कोई शायर-मिजाज-महापुरुष ये कहना चाहता है कि बड़े शहर को बड़ा, उस शहर के लोगों का दिल बनाता है, तो मित्र नमन है आपके दिल को। और उससे कहीं ज्यादा सहानुभूति भी।

बहरहाल, मेरे हिसाब से इस सवाल का जवाब है 'व्यवसाय' और उसको करने का तरीका।

इतनी बातें मैं प्रायः नहीं सोचता। पर जो बातें जलज जी मुझसे रास्ते में कह गए, उसके बाद मुझे यह समझ में आया कि लालटेन नगर के व्यापारी और दिल्ली के व्यापारी में क्या फर्क है। तोंद दोनों की बराबर बाहर है। पर अंतर है सोच का।

छोटे शहर का व्यापारी अक्सर बंद कमरे में दौड़ता है। उसका आधा ध्यान इस बात पर ही रहता है कि 'एक नंबर' में कितना काम करना है और 'दो नंबर' में कितना? कितना व्यापार डंके की चोट पर करना है और कितना टेबल के नीचे? किस तरीके से व्यवसाय के स्तर को लोगों की नज़रों से छुपा कर रखूँ? उसके अवचेतन में कहीं-न-कहीं एक सीमा बनी रहती है। और वो सीमा उसे एक लकीर के आगे बढ़ने से रोकती है। उसके पास एक लक्ष्य होता है जिसको पाने की

मशक्क्त में उसका पूरा जीवन निकल जाता है। और उस स्तर तक पहुँचने के बाद उसकी अगली पीढ़ी, अपना जीवन उस स्तर को बनाए रखने में गुजार देती है।

बड़े शहर के व्यापारी का कोई सीमित लक्ष्य नहीं होता। उसके पास पाने के लिए पूरा आसमान होता है। वो खुले में दौड़ता है। न किसी टैक्स की फिक्र- जितना बनेगा, देंगे। न लोगों की कमी- जितना लगेंगे लगाएँगे। और न कोई भौगोलिक बाधा- जहाँ जरूरत होगी, जाएँगे। इस प्रवृत्ति के लोग एक जगह इकट्ठा हो जाएँ, तो व्यापार का दायरा बढ़ता है। इसके साथ, उस व्यापार के इर्द-गिर्द और ज्यादा लोग जुड़ते हैं और धीरे-धीरे शहर बड़ा होता है। छोटे शहर में कभी-कभार कहीं कोई एक-आध ऐसा सूरमा पैदा हो गया, तो वो भी पहली बस पकड़ कर बड़े शहर चला जाता है, अपने जैसों के बीच।

बातों-ही-बातों में समझ आया कि जलज जी भी बड़े व्यापारी हैं। उन्होंने प्रस्ताव ही ऐसा दिया कि मैं यह मानने पर मजबूर हो गया।

उनका मशीन खरीदने लालटेन नगर आना तो बस एक बहाना था।

"जमाना बदल रहा है मिश्रा जी," वो बोले, "अब नए जमाने में मैं पुरानी मशीनों का क्या करूँगा। अगर आगे बढ़ना है तो दस साल बाद की टेक्नोलॉजी में पैसा लगाओ। दस साल पहले की नहीं।"

मुझे कुछ भी समझ नहीं आया। ऐसा लगा जैसे उन्होंने बिना किसी 'संदर्भ' के ही, 'प्रसंग' और 'व्याख्या' देना शुरू कर दिया है।

"सच कहूँ तो मुझे आपकी मशीनों में कोई इंटरेस्ट नहीं है," उन्होंने आगे कहा। वो तो अच्छा हुआ कि उनको जो कहना था वो रास्ते में ही कह दिया, मशीनों के सामने नहीं। वर्ना यह सुनकर क्या बीतती उन बेचारियों पर?

"तो फिर इतनी दूर से क्या चाय पीने आए हैं?"

आधा हिसाब

हम दोनों साथ-साथ चल तो अब भी रहे थे पर अचानक रफ्तार ऐसी हो गई जैसे जाना कहीं न हो।

"नहीं... मिश्रा जी!" वो हँसे, "पूरी बात तो सुनिए। मेरे पास आपके लिए एक ऑफर है।"

"जब मशीन लेना ही नहीं है तो फिर कैसा ऑफर?" कौतूहलवश मेरी आँखें चमकने लगीं।

"मैंने कहा कि मुझे आपकी मशीन में कोई इंटरेस्ट नहीं है," वो समझाते हुए बोले, "ये थोड़ी कि मुझे मशीन चाहिए ही नहीं।"

"मतलब आपको मशीन चाहिए?"

"हाँ! बेशक चाहिए।"

"आप समझ रहे हैं ना कि आप क्या कह रहे हैं?"

"धंधे की इतनी समझ तो रखता हूँ।"

"मशीनों में आपकी कोई दिलचस्पी नहीं है फिर भी आपको चाहिए?" मैंने फिर पूछा।

इंसान सुनने में गलती तो कर ही सकता है।

"अरे हाँ भाई! लिख कर दूँ क्या?"

पर तब नहीं जब शब्द इतने साफ हों कि आस-पास के लोग आपको मुड़-मुड़ कर देखने लगें।

वक्त तेजी से बढ़ने लगा था। दुकानें भी खुलने लगी थीं। धीरे-धीरे बढ़ती भीड़ जनगणना के आँकड़ों की पुष्टि करने लगी थी। इसके बाद कुछ देर की खामोशी में हम दोनों स्वतः ही एक दूसरे को पढ़ने की कोशिश करते रहे। उनका पता नहीं, पर मैं नाकामयाब रहा।

लालटेन नगर की चाय का इतना गहरा असर मुझे पहली बार देखने मिला था। आदमी इतना भी क्या खुश हो गया कि उसको जो नहीं चाहिए, वो भी चाहिए? समझ तो मुझे बस यह नहीं आया कि सी.ई.ओ. साहब दिल्ली से आए हैं या आगरा से?

पर जल्द ही उन्होंने मेरे मन में उठ रहे सारे सवालों के जवाब दे दिए।

उन्होंने बताया कि असल में वो चाहते हैं कि उनके अखबार '365 न्यूज' की एक ब्रांच लालटेन नगर में खोली जाए। अपने-आप में छपाई की कोई स्वतंत्र इकाई नहीं, सिर्फ एक दफ्तर, जहाँ से लालटेन नगर और आस-पास के जिलों को कवर किया जा सके। अखबार के व्यवसाय को बढ़ाने के लिए उन्होंने लालटेन नगर को अगले भौगोलिक क्षेत्र का केंद्र चुना था। समस्या यह थी कि ऐसा करने के लिए, अखबार के मुख्य आठ पन्नों के साथ कम-से-कम चार दूसरे पन्नों की जरूरत थी जो लोकल खबरों को तवज्जो दें। उनका अनुमान था कि उनकी इस जरूरत को एम.एन.ए. के साधन और नेटवर्क के जरिए पूरा किया जा सकता है। इस प्रस्ताव के तहत, शुरुआती दौर में छपाई का काम दिल्ली में ही होना था, इसलिए मशीनों को वहीं ले जाने की बात हुई।

असल में वो मशीन नहीं, पूरा एम.एन.ए. खरीदना चाहते थे। दूसरे शब्दों में, न्यूज एजेंसी खत्म, अखबार शुरू।

अब बात-चीत धड़कन मिश्रा और जलज मोदी के बीच नहीं, बल्कि एक छोटे शहर के व्यापारी और एक बड़े शहर के व्यापारी के बीच होने लगी थी।

इस पूरे प्रस्ताव में मुझे जो सबसे बड़ा फायदा नजर आया वो यह था कि इस विलय में जितने पैसे मुझे मिलने वाले थे, उससे एम.एन.ए. पूरी तरह से ऋण मुक्त हो जाता। और इतना ही नहीं, विलय के बाद

आधा हिसाब

नई ब्रांच को चलाने के सभी खर्चों का भार हेड ऑफिस के जिम्मे आता।

इस प्रस्ताव के प्रलोभन बुरे नहीं थे। ऋण मुक्त होना तो मेरे लिए उस सपने जैसा था जो 'स्प्लेंडर' चलाने वाला 'बुलट' देखकर देखता है। चवन्नी से कोई कह दे कि लोन चुकाने के लिए चौदह बरस का वनवास भोगना होगा, तो शायद वो उसके लिए भी हाँ कर देता। यहाँ तो फिर भी जो हम खोने वाले थे, वो बस 'एम.एन.ए.' का नाम ही था। और साथ में जाने वाला था इस व्यवसाय का मालिकाना हक। दूसरे अखबारों और बाहर की एजेंसिओं को खबर देना बंद, और सीधा संपर्क 365 न्यूज के हेड ऑफिस से।

बस।

"और हमारा क्या होगा?" मैंने पूछा, "मतलब मेरा और चवन्नी का?"

"सब वैसा ही चलेगा जैसा चल रहा है," वो समझाने लगे, "बस नाम नया हो जाएगा। खबरें बाकी अख़बारों को छोड़कर सिर्फ 365 न्यूज के पास जाया करेंगी, और आप हो जाएँगे ब्रांच हेड। आपको भी तनख्वाह मिलेगी, जैसे बाकी कर्मचारियों को मिलती है। और चवन्नी का आप ही देख लीजिएगा अपने हिसाब से। ब्रांच हेड बनकर ये सब तो वैसे भी करना पड़ेगा।"

गणित की तैयारी करके जाओ और अंग्रेजी का पेपर देना पड़ जाए तो गिरते-पड़ते ही सही, संभाला जा सकता है। लेकिन दसवीं की तैयारी कर के जाओ और बारहवीं का पेपर आ जाए, तो जो हालत होनी चाहिए, वह मेरी हो गई थी। मेरी सोच समंदर की लहरों की तरह हिलकोरे ले रही थी। इतनी बातें होते-होते, हम दफ्तर तक आ गए।

"चलिए अंदर बैठ कर बातें करते हैं," मैंने आग्रह किया।

मेरे चेहरे का असमंजस भाँपते हुए उन्होंने कहा, "मिश्रा जी! कहने लायक बातें तो लगभग मैं सभी कह चुका हूँ। मेरे ख्याल में अब आपके विचार करने की बारी है। अच्छे से सोच लीजिए। एक दिन, दो दिन। आराम से बताइएगा। और मैं तो कहता हूँ कि सोचना छोड़िए, ट्रायल कर लेते हैं... छह महीने। तब तक कोई कागजी कार्यवाही नहीं करेंगे। छह महीने तक आप एम.एन.ए. भी चलाइए, और ब्रांच भी। बस जो खबरें अभी तक आप दुसरे अखबार वालों को देते हैं वो आपसे हम ले-लेंगे। छह महीने में कहानी जम गई तो कागजों पर उतार लेंगे। और अगर नहीं भी जमी तो कोई बात नहीं। जो जैसा था, वापस वैसा हो जाएगा। क्या कहते हैं?"

मेरी प्रतिक्रिया का इंतजार किए बिना वो आगे बोले, "और इस बीच ब्रांच हेड की जिम्मेदारी में आपका साथ देने के लिए मैं किसी को दिल्ली से भेज दूँगा। आपको तकलीफ भी नहीं आएगी।"

मेरे अंदर के व्यापारी का आज पहला इम्तहान था। अच्छी बात यह थी कि माँगने पर थोड़ा और समय मिल सकता था। मैंने वही किया।

"आप मुझे सोचने का कुछ और समय दीजिए," मैंने कहा। इस बीच मैंने दफ्तर में लगा ताला खोलकर, शटर उठा दिया। "मैं आपको थोड़ा सोच-समझ कर जवाब देता हूँ।"

"जरूर, कोई जल्दी नहीं है।"

"आइए फिर, एक-एक चाय और हो जाए," मेहमान-नवाजी के उद्देश्य से मैंने कहा।

"बस अब इजाजत दीजिए," वो हाथ जोड़कर बोले, "योजना तो कल रात ही दिल्ली वापस जाने की थी। चौदह घंटे लेट चल रहा हूँ। अब जितना जल्दी निकलूँ उतना अच्छा है।"

आधा हिसाब

इस दलील का जवाब मैंने नहीं दिया। मैंने भी उनको हाथ जोड़कर नमस्कार किया, "अब यहाँ से रिक्शा ले लीजिएगा। और भी समय बचेगा।"

"जी जरूर," कुछ दूरी पर खड़े रिक्शे वालों की ओर वो मुस्कुराकर आगे बढ़ गए।

"पर एक बार मशीन तो देख लेते," आठ-दस कदम आगे निकलने के बाद उनको याद दिलाने के उद्देश्य से मैंने कहा।

"मैंने कहा तो था," वो चलते-चलते ही चिल्लाकर बोले, "मुझे आपकी मशीनों में कोई इंटरेस्ट नहीं है।"

बस एक चार इंच की दीवार के उस पार ही मशीनें रखी थीं। जाहिर है, उन्होंने सुना होगा।

जाहिर है, उन्हें बुरा भी लगा होगा।

7. बहुत पुरानी बातें

कुछ साल पहले...

बचपन के खिलौनों से उठकर, सयानी जिम्मेदारियों को निभाने तक का सफर, इंसान का व्यक्तित्व निर्धारित करता है। हर कदम पर कई अटकलें लगती हैं। जीवन के बारे में। सफलता-असफलता के बारे में। भविष्य के बारे में। क्या होगा? कैसे होगा? कब होगा?

मेरी बचकानी हरकतें देखकर सभी सोचते होंगे कि एक दिन पिताजी हाथ में छड़ी लेकर मुझे समझाएँगे कि अब मेरे काम-धाम करने की उम्र हो गई है। मुझे आस-पड़ोस के बच्चों की सफलताओं के उदाहरण सुनाए जाएँगे। गल्ले पर बैठने के लिए मुझे मज़बूर कर दिया जाएगा। पर ऐसा कुछ नहीं हुआ। जया के दिल्ली जाने के बाद मैं अपने-आप ही एजेंसी आने लगा। जया के साथ, उस ट्रेन के पीछे-पीछे, मेरा सारा बचपन भी चला गया था। किसी को कुछ समझाना नहीं पड़ा, और मैं बड़ा हो गया।

सारी अटकलें समाप्त हो गईं। क्या? कैसे? कब? सब निर्धारित हो गया।

इस दुनिया में एक से बढ़ कर एक कहानीकार पैदा हुए हैं। पर ईश्वर ने स्वयं से बड़ा कहानीकार किसी को नहीं बनाया। हमारी नियति

आधा हिसाब

उसकी परिकल्पना है। हम सब की एक-एक कहानी लिखकर उसने भेज दिया है।

किसी की पूरी, तो किसी की अधूरी।

आप तो बस जीते चलो।

*** *** ***

दिल्ली में आई.ए.एस. की तैयारी को जया ने लगभग दो साल दिए। छुट्टियों में जब वो घर आया करती थी बस तभी हमारी मुलाकात होती थी। समय के साथ हम दोनों के बीच दूरियाँ बढ़ने लगीं। बुरा लगता है ना, जब बड़े होकर, आप अपना बचपना भूलने लगते हैं। हमारे जहन में भी उस बचपन की यादें हल्की होने लगीं जो हमने साथ मिल कर बनाई थीं। इस भूलने-बिसरने के खेल में कुछ छूट गया। एक कहानी जो शायद भगवान ने लिखकर भेजी होगी, वो अधूरी रह गई।

कुछ चीजों का अधूरा होना, आपके होने को पूरा करता है।

दो साल दिल्ली में रहने के बाद जब जया वापस आई, अपने साथ एक तूफान लेकर आई। उस तूफान का नाम था मयंक जोशी। दिल्ली जाकर जया प्रेम में पड़ गई।

यह इस दौर के स्कूल-कॉलेज के लड़कों को होने वाले हल्के-फुल्के प्यार के जैसा नहीं था जिसमें बात शुरू होते ही खत्म हो जाती है। स्कूल-कॉलेज के ये हल्के-फुल्के प्यार बड़े नाजुक होते हैं। इनकी कहानी पेन से नहीं, पेंसिल से लिखी जाती है। रबर की हल्की रगड़, और सब खत्म। ये प्यार स्कूल से निकलने के बाद, सालों-साल गुमनाम, फेसबुक के बिसरे हुए पासवर्ड बन कर जीते हैं। फिर एक दिन अचानक टाइम-लाइन पर इंगेजमेंट वाला स्टेटस नजर आता है। उस पर कॉंग्रेचूलेशंस लिखकर इस प्यार की नियति पूरी होती है। वो

शायद सच्चा प्यार था, जो जया और मयंक को एक-दूसरे से हुआ था। तभी तो वो इतना लड़े थे अपने-अपने घर वालों से।

लड़ना उन दोनों के बस में था, और 'मानना' दोनों के घर वालों के। मयंक ने सारी मिन्नतें कर ली, हर तरीके से समझाने की कोशिश की, पर उनके बेटे की खुशी के आगे समाज आ गया। यह शायद मनुष्यता का मूल्य था, जो उन दोनों को चुकाना था। अजीब है ना ये रिवाज, जहाँ आपके जीवन का फैसला आप ही नहीं ले सकते। दस्तूर तो यही है कि जब कोई अपना 'होने-सा' दिखता है तब ये दुनिया उसे छीनने लगती है। फिर भला जया और मयंक इस नियति से अछूते कैसे रहते? मयंक के घर वाले नहीं माने। और रणविजय चाचा? उन्हें मनाने का जिम्मा मुझे मिला।

*** *** ***

"पर पापा नहीं मानेंगे," जया बोली, "तू बात कर ना पापा से। मना ले न उन्हें। बस एक बार। वो तेरी बात सुन भी लेंगे। मैं तो कुछ कहूँ-न-कहूँ सब एक ही बात है।"

जया एक साँस में सब बोलती रही। मैं स्तब्ध था। जितनी बातें मैं उससे कहना चाहता था, उसका एक हिस्सा भी न कह सका।

"तू मना लेगा न पापा को?" बड़ी उम्मीद के साथ उसने फिर पूछा।

"हाँ!" मैंने कहा, "इतनी सी बात। तू चिंता मत कर। तुझे मयंक से ही शादी करनी है ना तो ठीक है। मैं बात करूँगा।"

कभी-कभी जवाब से ज्यादा सवाल कठिन होते हैं।

*** *** ***

घबराहट, बेचैनी, तड़प, अशांति। अगर मैं 'हूँ' तो क्यों? 'नहीं' क्यों नहीं? अनिश्चित अंधेरा, असमंजस और दुविधा। जवाब ही नहीं, मेरे

आधा हिसाब

सवाल का कोई। कभी कुछ नहीं मेरे सामने, कभी सामने एक रास्ता। उस रास्ते पर एक राही है, उस राही को जानता नहीं। सही है क्या, गलत है क्या। भ्रम है सब, सब मिथ्या। मन में है, कुछ रंजिशें। कुछ खुद से हैं, ख़ुदा से कुछ। सिहर ठहर, ठहर रही, जिस्म है जमी हुई। ज़मीं नहीं, ना आसमान। मैं हूँ कहाँ, कहाँ नहीं? रहूँ कहाँ, कहाँ नहीं? करूँ मैं क्या, और क्या नहीं?

*** *** ***

जया को किसी भी बात के लिए मना न कर पाना मेरी सबसे बड़ी कमजोरी रही है। उससे वादा करते वक्त मुझे एक पल के लिए भी नहीं लगा था कि चाचा से बात करना मेरे लिए इतना मुश्किल होगा। मैं जानता था कि चाचा को मनाने के लिए मुझे उनके अंदर के रूढ़िवादी इंसान से तर्क-वितर्क करना पड़ेगा। शुरू के कुछ दिन तो मैं उनसे नजरें ही चुराता रहा। पर आखिरकार वो परीक्षा की घड़ी आई। और उस दिन उनके अंदर के उस रूढ़िवादी इंसान से वो सारे तर्क-वितर्क हुए जो मैं करने के लिए जरा-सा भी तैयार नहीं था।

सब दलील देकर इश्क के, हम खुद बे-इश्क हो गए।

चाचा शादी के लिए तो मान गए, पर उन्होंने जया से बात-चीत बंद कर दी। उनके मन की बात मैं नहीं समझ पाया। उम्र के उस पड़ाव पर, एक पिता को अपनी बेटी की शादी को लेकर क्या उम्मीदें हो सकती हैं, मेरे लिए समझ पाना वैसे भी कहाँ मुमकिन था?

स्थिति को ध्यान में रखकर शहर में ही एक मंदिर में जश्नरहित विवाह का आयोजन किया गया। मयंक के घर वाले नहीं आए। पर हम सब थे, उन दोनों के लिए। किताबों में कहानियाँ अक्सर इस मुकाम पर खत्म हो जाया करती हैं। शायद इसलिए कि इसके बाद के पन्नों में जो लिखा जा सकता है, वह पढ़ा नहीं जा सकता। पर जो घटना होता है, वो तो घटता ही है।

जया को पूरा यकीन था कि रणविजय चाचा कुछ दिन बाद अपने-आप मान जाएँगे। यकीन न रखने का कोई कारण भी नहीं था। सब ने बचपन से यही सुना है कि समय सारी नाराजगी खत्म कर देता है। और इसी यकीन के भरोसे, गाड़ी आगे बढ़ गई।

नए जगह, नई-नई शादी के बाद, मयंक के साथ, अब जया के खुश रहने के दिन थे। वो खुश थी भी। पर एक कहानीकार है, जिसको कभी-कभी अपने किरदारों की खुशी अच्छी नहीं लगती। शादी के कुछ ही महीने बाद रणविजय चाचा को लकवा मार दिया। आवाज चले जाने के साथ वो व्हील-चेयर पर आ गए। यहाँ मैं तो था, पर सिर्फ मेरा होना काफी नहीं था। जया वापस उनकी देख-रेख के लिए लालटेन नगर आ गई। मयंक उसके आने के तीन दिन बाद आने वाला था। उसने जया से कहा था कि बस कुछ दिन तुम संभाल लेना, फिर मैं आ जाऊँगा।

इस मौके पर जया के पास कुछ था तो बस एक उम्मीद, और इंतजार।

इतनी तकलीफ शायद कहानीकार के लिए काफी नहीं थी। जीवन में दुखों का पहाड़ आना अभी बाकी था। अपने वादे के मुताबिक, तीन दिन बाद, मयंक लालटेन नगर के लिए निकला तो सही, पर पहुँच नहीं सका। रास्ते में एक कार एक्सीडेंट में उसकी मौत हो गई।

यह वो पल था जिसमें जया ने अचानक अपना सब-कुछ खो दिया।

कभी-कभी लोग वापस नहीं आते, पर इंतजार खत्म हो जाता है।

*** *** ***

जीने में 'जीना' न रहे तो इंसान गुम-सुम हो जाता है। मयंक के जाने के बाद जया ने लोगों से बोल-चाल बंद कर दी। सब के बीच होकर भी वो सब से दूर हो गई। चाचा की देखभाल से लेकर घर की जिम्मेदारी तक का सारा भार जया पर आ गया। उसने खामोशी के

आधा हिसाब

साथ सब कुछ स्वीकार भी कर लिया। परिस्थिति व्यकितत्व बदलने की क्षमता रखती है। कुछ दूर के रिश्तेदारों के पहचान, थोड़ा अनुग्रह और डिग्रियों के सहारे, लालटेन नगर में ही ग्रामीण बैंक की एक ब्रांच में जया की नौकरी लग गई।

मुझसे उसकी बात-चीत लगभग समाप्त हो गई थी। सच कहूँ तो उसकी बात-चीत सारी दुनिया से ही समाप्त हो गई थी। शुरुआत में एक-दो बार मैं उससे मिलने उसके घर गया था। उससे बात करने की भी कोशिश की। पर वो खामोश बैठी रही। वो एक बुत सी थी, जिसके होंट सिल दिए गए हों। मुझे चुप-चाप उठ कर वापस आना पड़ा। अब वो बस जिंदगी से रूठी हुई एक लड़की थी, जिसके जीवन में अपने बीमार पिता के अलावा और कोई नहीं था। उसे जरूरत भी कहाँ थी किसी की?

उसके दिल्ली जाने के बाद मैंने उसे खो दिया। और मयंक की मौत के बाद, दुनिया ने उसे खो दिया। मेरे मन में उसके लिए जितनी श्रद्धा थी, उससे भी कहीं ज्यादा प्रेम था। वो प्रेम जिसको नैतिकता के बोझ तले मैं दबा कर रखने लगा। यह भावना कितनी जायज थी और कितनी नाजायज, मैं नहीं जानता। पर आज मैं जो कुछ भी हूँ, मेरा 'व्यक्तित्व' जितना भी मुझमें है, इस भावना के होने से ही है।

मैं नहीं जानता कि उसको वापस पाने की मेरी चाहत सही भी है या नहीं। 'दिल' तो एक दिन जहान माँग लेगा। क्या-क्या लाकर दोगे? समाज में कुछ पैमाने हैं जो 'सही' और 'गलत' तय करते हैं। यह पैमाना किसी तर्क-वितर्क का मोहताज नहीं है। यह बस मान लिया जाता है। इसी पैमाने की लाज रखकर मैंने अपने कदम पीछे खींच लिए।

*** *** ***

जया हर सोमवार सुबह घाट पर बने शिव मंदिर जाती है। मैं कोशिश करता हूँ कि समय पर मैं भी वहाँ पहुँच जाऊँ। उससे बात नहीं हो

पाती पर कम-से-कम पता चल जाता है कि वो ठीक है। खैर, पता भी क्या चलता है? मैंने तो बस मान रखा है कि वो ठीक है। अपनी खुशी के लिए। उससे तीस कदम की दूरी बना कर रखता हूँ। उसको शायद मेरी मौजूदगी की खबर नहीं है। उसको उतना ही अपना बना पाया हूँ, जितनी वो तीस कदम की दूरी से नजर आती है।

हम दोनों एक पन्ने पर तो आ गए, पर दो अलग-अलग किताबों में।

8. सत्ता परिवर्तन

कुछ रेलवे स्टेशन किसी शहर या कस्बे के दायरे में नहीं आते। ये शहर और कस्बे, इसके बावजूद, बिना कुछ सोचे-समझे, किसी एक-तरफा आशिक की तरह अपना नाम उन स्टेशनों पर लुटा देते हैं। स्टेशन के नाम में अलग से जुड़ा शब्द 'रोड', एक अधूरी प्रेम कहानी को पूरा करता है। जैसे नाशिक रोड, बिलासपुर रोड आदि।

रेल के माध्यम से लालटेन नगर पहुँचने के लिए आपको 'लालटेन नगर रोड' पर उतरना पड़ेगा।

जलज जी से मिलने के लगभग पंद्रह-बीस दिन बाद कि बात है।

मैं और चवत्री, शहर के सबसे नजदीकी रेलवे स्टेशन पर किसी का इंतजार कर रहे थे। इंतजार अगर इश्क में हो तो अच्छा लगता है। पर मेरे जीवन में 'इश्क' 'अच्छे दिनों' की तरह बस एक संभावना मात्र है। ट्रेन आने का समय आधे घंटे पहले आकर जा चुका था। पर अभी ट्रेन का आना बाकी था। इस ट्रेन में आने वाली थीं '365 न्यूज, लालटेन नगर ब्रांच' की नई असिस्टेंट मैनेजर, पिंकी शर्मा।

"छह महीने के लिए आ रही हैं," मूँगफली चबाते हुए मैंने चवत्री से कहा, "ब्रांच की शुरुआत करने के लिए। और मेरी मदद के लिए भी। तुम ही चाहते थे ना कि मशीन बेच दूँ। ये लो, मैंने पूरा एम.एन.ए. ही बेच दिया।"

"तो कोई हीरो-गिरी नहीं निपोर दी," मूँगफली छीलते हुए चवन्नी बोला, "कि बार-बार ढिंढोरा पीट रहे हो। बोलो तो अखबार में छपवा दें। आ रही हैं मैडम जी। सनसनीखेज खबर बना कर उनको ही दे देना। 'बेटे ने बेची पिता की आखिरी निशानी, जरा भी नहीं आई शर्म'। वो ही छपवा देंगी।"

चवन्नी इस बात से तो खुश था कि आने वाले दिनों में सारा कर्ज खत्म होने वाला है। पर इस बात से दुखी, कि इसके साथ ही एक तीसरा व्यक्ति हमारे बीच आ जाएगा। 'दुखी' शायद सही शब्द न हो। 'असहज' सही रहेगा।

"तुम अब टेंशन मत लो," मैंने मस्ती में कहा, "अच्छी ही होगी, तुम्हारी नई बॉस।"

"टेंशन तो आजतक अपने पूरे खानदान में किसी ने नहीं लिया। मैं क्यों लूँगा? और खराब भी हुई तो मुझे क्या? फकीर आदमी हूँ, झोला लेकर चल पड़ूँगा।"

वैसे ये बात बस कहने भर की थी। और कहीं सुनी-सुनी भी। फिर भी मुझे चवन्नी का कॉन्फिडेंस अच्छा लगा।

खैर, पंद्रह मिनट बाद जब ट्रेन आई, स्टेशन पर कोई भी असिस्टेंट मैनेजर जैसी व्यक्तित्व वाली मोहतरमा नजर नहीं आई। मन में नीली साड़ी में एक अधेड़ उम्र की महिला का एक प्रतिबिंब था। वो जो उतना ही कहे जितने की जरूरत हो। वो जिसके चौखटाकार चश्मे से बरसों का अनुभव टपकता हो। वो जिसका कहा 'गलत' भी 'सही' लगने लगे।

पर इस कल्पना के आस-पास की कोई भी काया, नहीं दिखी।

उनके नंबर पर फोन लगाया, पर उस पार से स्विच ऑफ का संदेश मिला। मूँगफली खत्म हो चुकी थी इसलिए अब और इंतजार करने का कोई औचित्य नहीं रहा।

आधा हिसाब

"आज सोमवार ही है ना?" पिंकी जी के न आने का यकीन न करके, मैंने अपने दिन की गिनती पर संदेह कर लिया।

"अब नहीं आई तो न सही," चवन्नी ने किसी और ही सवाल का जवाब देना सही समझा, "डर गई होगी बेचारी।"

"है तो सोमवार ही," मैं अपने में बोला, "अब?"

"अब क्या? प्रस्थान।"

*** *** ***

दफ्तर पहुँचने पर मैंने पाया कि गेट के बाहर एक सुंदर सी कन्या दफ्तर के खुलने का इंतजार कर रही है। उसकी आँखों में इंतजार की खीझ साफ नजर आ रही थी। हाथ में सफर वाला बैग देखते ही हम दोनों समझ गए कि आज सोमवार ही है। स्टेशन में कुछ भूल हो गई है और सामने साक्षात खड़ी हैं पिंकी शर्मा।

समय बहुत कम था। दिमाग तो इतना भी नहीं सोच पाया कि जो प्रतिबिंब हमारे मन में था, वो असलीयत से कितना दूर था। नीली साड़ी की जगह था हरा सूट। आँखों पर चश्मे की जगह कुछ गुस्से जैसा कोई भाव। अट्ठाईस-तीस की उम्र पत्रकारिता में अनुभव नहीं, 'जिद' बता रही थी।

"आप जरूर पिंकी शर्मा होंगी," उनके पास पहुँचकर मैंने मुस्कुराते हुए पूछा।

"और आप धड़कन मिश्रा," उन्होंने कहा।

"जी!" मैंने कहा, "और ये है चवन्नी।"

इतने में वो हड़बड़ा कर बरामदे से होते हुए मुख्य द्वार तक पहुँच गया। देर तो वैसे भी बहुत हो चुकी थी इसलिए बिना कोई दिमाग लगाए उसने शटर उठाना ही सही समझा।

"रोज की लेट-लतीफी है या आज ही हो गया," ताने मारते हुए पिंकी जी बोलीं।

"हम तो आपको ही लेने गए थे, स्टेशन," चवन्नी ने पलटकर सफाई दी, "आप कहीं नजर ही नहीं आईं।"

"हाँ! ये भी ठीक है। आज की देरी का ठीकरा मुझपर ही फोड़ लीजिए," मुँह बनाकर उन्होंने कहा, "ठीक है। कल से समझते हैं," वो बोलीं और हम सब दफ्तर में दाखिल हुए।

दाँत दिखाकर बस मुस्कुरा देना ही मुझे उचित लगा, सो मैंने किया।

एक छोटी सी लॉबी के बाद एक किचननुमा छोटा सा कमरा था। उसके बाद चार-छह लोगों के बैठने की जगह और आखिरी में मेरा बेतरतीब बिखरा हुआ केबिन।

दफ्तर का मुआयना करते हुए वो आगे बढ़ रही थीं। मैं और चवन्नी छोटे बच्चों की तरह उनके पीछे-पीछे चल रहे थे। न तो चवन्नी का स्कूल की परीक्षा से कभी कोई लेना-देना रहा और न ही मुझे कभी किसी परीक्षा का कोई खास लोड आया। ये हम दोनों के जीवन का पहला क्षण था जब लग रहा था कि कोई इम्तहान है।

देखने में किसी पुराने सरकारी दफ्तर जैसा माहौल था। बेढंग बिखरी चीजें और लोहे की अलमारियाँ। गोडाउन वाला हिस्सा, जहाँ मशीनें रखी थीं, बंद था। यहाँ-वहाँ पड़ी चीजों पर जैसे ही मैडम की नजर जाती, चवन्नी झट-पट उसे सही करने लगता। इस तरह टेबल पर बिखरे कागज, प्रिंटर को ढाँकने वाला कपड़ा, कोने में रखा टेलीफोन और भी अन्य छत्तीस चीजों को अगले छत्तीस सेकंड में सही से रखा गया। जो चीजें गलती से सही जगह पर पहले से थीं, उनका कोण ऐसे सेट किया गया कि अच्छा न सही, कम-से-कम खराब न दिखे।

मैडम का सामान मेरे केबिन में रखा गया।

आधा हिसाब

बातों-ही-बातों में पता चला कि पिंकी जी भी इसी जिले की धरोहर हैं। उनका गाँव यहाँ से बस चार घंटे की दूरी पर है। पढ़ाई-लिखाई के बारे में पूछने पर ज्ञात हुआ कि उनका स्कूल तक का सफर गाँव के शासकीय विद्यालय से पूरा हुआ है। शासकीय कॉलेज के नाम पर जो मजाक सालों से इस जिले में चला आ रहा है वहाँ उन्होंने ग्रेजुएशन शुरू तो किया, पर खत्म नहीं कर पाईं। एक साल बाद जर्नलिज्म को मंजिल मान कर उन्होंने रास्ता बदल लिया और आगे की पढ़ाई के लिए मैडम दिल्ली चली गईं।

पहले तो एक बड़े न्यूज चैनल में इंटर्नशिप का मौका मिला। उसके बाद 365 न्यूज में नौकरी। और अब तीन साल बाद, उसी अखबार की एक ब्रांच की असिस्टेंट मैनेजर।

इन सब बातों में लगभग आधे घंटे बीत चुके थे। और इन तीस मिनटों में यह समझ आ गया था कि मैडम मिजाज की थोड़ी सख्त हैं। मासूम चेहरे पर कड़क आवाज, धूप में इंद्रधनुष सा प्रतीत हो रहा था।

"लालटेन नगर पहले कभी आना हुआ है या फिर यह पहला आगमन है?" मैंने पूछा।

"नहीं लालटेन नगर तो नहीं," वो बोलीं, "यहाँ पास ही भरतपुर में जरूर रही हूँ कुछ महीने। इंटर्नशिप के पहले। बल्कि वहीं एक स्कूल में कुछ महीने पढ़ाया भी है।"

इतने में चवन्नी चाय लेकर आ गया।

डर के मारे थर-थर काँपते बच्चे चवन्नी के कँपकँपाते हाथों में बड़ी आसानी से नजर आ गए। उसके बाद पिंकी जी को मैडम बने देखने के लिए कोई खास कल्पना क्षमता की जरूरत नहीं रही।

"चीजें बड़ी अस्त-व्यस्त पड़ी हैं यहाँ," वो आगे बोलीं, "और बाकी लोग कहाँ हैं? जलज जी बोल रहे थे कि पाँच-छह लोग काम करते हैं।"

"फील्ड में होंगे," चवन्नी बोला।

"होंगे?"

"मतलब 'हैं'," घबराई आवाज में वो आगे बोला, "नहीं होंगे तो कहाँ जाएँगे?"

पिंकी जी कुछ सोचने की मुद्रा में चाय की चुस्कियों के बीच, इधर-उधर देखने लगीं।

"क्या हुआ?" चवन्नी बोला, "कुछ खटक रहा है?"

"नहीं," चवन्नी को घूरते हुए वो बोलीं, "आप चिंता मत कीजिए। सभी खटकने वाली चीजें एक-दो दिन में ठीक कर दी जाएँगी।"

ऐसा लगा जैसे किसी जंग का बिगुल बज रहा हो।

मुझे चुप-चाप चाय पीना ही सही लगा, सो मैंने किया।

*** *** ***

अब वैसे तो यह बात अलग से बताने की नहीं है कि अगले दिन से क्या-क्या बदल गया। फिर भी कुछ अति उत्सुक लोगों की उत्सुकता तृप्त करने के लिए संक्षिप्त वर्णन पेश है।

अगली सुबह शहर की सबसे बड़ी स्टेशनरी की दुकान से हाजिरी लिखने वाला रजिस्टर मँगवाया गया। अब क्योंकि खर्चे का जिम्मा दिल्ली पर था, 'सर्व मद संपन्न' रजिस्टर चुनने में किसी भी प्रकार की कंजूसी नहीं की गई। बात सिर्फ रजिस्टर लाने पर रुक जाती तो भी चवन्नी को कोई तकलीफ नहीं होती। पर बात हर रोज सुबह-सुबह

दफ्तर आकर हाजिरी दाखिल करने पर आ गई। और जाते वक्त समय लिखने का अलग काम। फरमान निकला कि कोई भी कर्मचारी सीधे फील्ड पर नहीं जाएगा। पहले दफ्तर आओ, हाजिरी दो और वहाँ जाओ जहाँ जाने को कहा जाए। शाम की रिपोर्टिंग वापस आकर मैडम को दी जाए। ये नहीं कि मुँह उठा कर सीधे घर निकल लिए। पुरानी फिल्मों में अक्सर एक पिछड़ा-कुचला मजदूर संघ दिखाया जाता था। वो जिसके नेता एक बूढ़े बाबा हुआ करते थे और फिल्म में पाँच-दस मिनट के अंदर ही विलेन उनका काम-तमाम कर देता था। एजेंसी के कर्मचारियों को अब उन मजदूरों का दर्द समझ आने लगा था।

ये तो बस वो बम हैं जो कर्मचारियों पर फटे। बाकी दफ्तर पर इसके अलावा और दूसरे गाज भी गिरे।

कहानी में अब वो मोड़ आ गया है जब पाठकों को चवन्नी किरदार के लिए अलग से सहानुभूति होनी चाहिए। चवन्नी के दफ्तर आने का समय सुबह नौ बजे निर्धारित किया गया। उसके उत्तरदायित्व की एक सूची बनाई गई। उस पर जिम्मेदारियाँ सौंपते वक्त दिल तो मेरा भी दहला था, पर पिंकी जी नहीं मानी। उस उलट-फेर के बाद, दफ्तर में एक संयोजित तंत्र के तहत कार्य प्रणाली निर्धारित की गई जिसके दायरे में मैं, चवन्नी, सभी कर्मचारी और पिंकी जी खुद भी आती थीं।

देश में जब सरकार बदलती है तो क्या बदलता है? मंत्रियों के नाम। और ज्यादा-से-ज्यादा मंत्रालय में मिलने वाले नाश्ते की सूची। बाकी तो सब लगभग वही रहता है। पर एम.एन.ए. में जब सरकार बदली, सब कुछ बदल गया।

9. कसक

भरतपुर में किसान आंदोलन तब से ही चल रहा था जब से किसानों की जमीन नीलाम हुई थी। अब इसे किस्मत कह लें या विधायक की विधायकी, इस आंदोलन को जायज प्रचार कभी नहीं मिल पाया। नेता हरिदास श्रीवास्तव नेता-गिरी तो कर रहे थे, पर उनके पीछे कोई भीड़ नहीं थी। आखिर उनके साथ अपने न्याय की लड़ाई लड़ता कौन? जिसके घर पर अगले दिन का चूल्हा जलने पर ही सवाल हो, वो धरने पर नहीं बैठता। फिर बात भले ही उसके हक की क्यों न हो।

नेता जी खुद भी कभी अपनी दुकान संभालते, तो कभी मोर्चा। उनके साथ नेता-गिरी सीख रहे चार-छह लड़के होते और कुछ अन्य लोग जो रोजगार के आभाव में खाली रहा करते थे। उनकी इस टोली की वजह से जितनी साँसे आंदोलन में थी, बस उतना ही वो 'प्रयास' जिंदा था। यह प्रदर्शन अपने-आप में एक ऐसा वाकया है जिसका कोई सिर पैर नहीं है। यहाँ पर जिसका मुद्दे से कोई लेना-देना नहीं है, वो दूसरों के न्याय के लिए आवाज उठा रहा है। जिन लोगों को उस आवाज को दुनिया तक पहुँचाना चाहिए, वो राजनैतिक दबाव में चुप बैठे हैं। जिस प्रशासन को इसका समाधान निकालना चाहिए, वो गहरी नींद में है। और सालों पहले वो ठगे गए साढ़े चार सौ किसान, बात जिनके न्याय की है, वो एक-एक कर, मर रहे हैं।

आधा हिसाब

*** *** ***

एक दिन, दूसरी खबरों के बीच, भरतपुर के एक किसान की आत्महत्या की खबर पिंकी जी तक पहुँची। उनके कमान संभालने के बाद यह पहला मौका था जब किसान आंदोलन से जुड़ी कोई बड़ी खबर सामने आई थी।

पहले तो चवन्नी ने उन्हें पूरी स्थिति से अवगत कराया। राधे श्याम अग्रवाल से लेकर बैंक मैनेजर तक। विधायक से लेकर किसानों तक। वो धोखाधड़ी भी, जो सब्सिडी देने के बहाने किसानों के नाम पर लोन उठाने का किया गया था। किस तरह उनकी जमीन विकास एग्रो प्राइवेट लिमिटेड को बेच दी गई। और किस तरह अचानक एक दिन किसान मजदूर बन गए।

ये सारी बातें किसी फिल्म की कहानी की तरह थीं जिसमें संवेदना की कमी थी। किसान के आत्महत्या की खबर आने के बाद यह कहानी अचानक सच हो गई। लोगों की संवेदना जाग गई और कहानी मार्मिक हो गई। पिंकी जी का दिल पसीज गया। उन्होंने उस किसान के घर जाने की इच्छा जताई।

अपनी तरफ से मैंने पूछा था, जरूरत क्या है घर जाने की? खबर मिल तो गई।

तब उन्होंने कहा, "बंद कमरों में बैठ कर रिपोर्टिंग करके आप सिर्फ खबर बता सकते हैं। फील्ड पर जाने से आपको उस खबर से जुड़ी भावनाओं का पता चलता है। वो भावना लोगों तक पहुँचनी चाहिए।"

मैं कुछ न कह सका।

*** *** ***

झबुआ के घर का दृश्य दुखद था। एक खपरैल मकान के सूने आँगन में, बीचों-बीच, झबुआ सो रहा था। इस नींद में वो बेचैनी नहीं थी जो

उसे हर रात कर्ज के बारे में सोच-सोच कर हुआ करती थी। वो कर्ज, जो उसने कभी लिया ही नहीं। इस नींद में तकादे के नाम पर बैंक कर्मचारियों के घर आने के ख्वाब नहीं थे। वो बस सो रहा था। अपनी पत्नी के पास, पर उससे बहुत दूर। अब उसे चिंता नहीं थी कि घर में पल रहा छोटा बच्चा, कल क्या खाकर पेट भरेगा?

वहीँ झबुआ की पत्नी रो रही थी। उसके रोने में जो बेबसी थी, उसकी सिसकियों में जो दर्द था, उसे वहाँ पर मौजूद हर इंसान महसूस कर पा रहा था। ठंडी हवाएँ उसके रोने की आवाज में घुल कर एक अलग ही सिहरन पैदा कर रही थीं। घर के बाहर आठ-दस लोगों का जमावड़ा था। इस भीड़ की चिंता यह थी कि अब क्रिया-कर्म के लिए चंदा कौन देगा? आँगन में कुछ महिलाएँ एक बेचारी को ऐसी सांत्वनाएँ दे रही थीं, जिन पर उन्हें खुद यकीन नहीं था। एक छह-सात साल का बच्चा अपनी माँ का पल्लू पकड़े, उसे रोते हुए देख रहा था।

इस दुनिया में किसी भी दूसरे इंसान से ज्यादा, बच्चे अपनी माँ को रोते हुए देखते हैं। इसके बावजूद उन्हें इस बात का यकीन होता है कि उनकी माँ ही इस दुनिया की सबसे शक्तिशाली इंसान है।

महिला का रोना बढ़ता गया। और साथ में बढ़ते गए सांत्वना के वो बेकार शब्द, 'सब ठीक हो जाएगा'।

*** *** ***

"कुछ ठीक नहीं होगा," बाहर खड़े एक किसान ने पिंकी जी से कहा, "हम सब की जमीन पहले ही जा चुकी है। हम सब तो किसान थे। हमने बचपन से बस हल चलाना ही सीखा है। पर भगवान जाने किस करम की सजा ने हम सबको मजदूर बना दिया।"

सब पिंकी जी और मुझे ऐसे घेर कर खड़े हो गए, जैसे हम दोनों कोई समाधान लेकर आए हों। गाँवों में बाहर से आया हुआ इंसान वैसे भी

सबको महत्वपूर्ण ही लगता है। लोगों में खुसर-फुसर भी जारी रही। कम लोगों को ही समझ आया कि हम अखबार से हैं। जिनको झबुआ से कोई लेना-देना नहीं था, वो उस कैमरे के लिए रुक गए जो पिंकी जी के हाथ में था।

"घर-परिवार में जब लोग आधा खाना खाकर सो जाते हैं ना, तब इंसान को कुछ सूझ नहीं पड़ता। यहाँ हम मर रहे हैं, और ओ साला राधे श्याम्वा, सब हड़प कर जाने कहाँ बैठा है?" एक किसान ने कहा।

"और वो बैंक मैनेजरवा?" किसी और ने कहा, "वो भी तो साला भाग गया। गलती से कहीं इधर-उधर टकरा गया तो जान से मार देंगे उसको।" यह कहते-कहते उसकी आवाज थोड़ी तेज हो गई।

पिंकी जी बस चुप-चाप खड़ी थीं। कभी उनकी नजर दरवाजे से दिखते आधे आँगन में पड़ी लाश की ओर जाती, तो कभी उस भीड़ में खड़े लोगों की ओर, जो उन्हें जानते तक नहीं थे, फिर भी उनसे जाने क्या उम्मीद कर रहे थे।

"नियम-कानून 'गलत' को रोकने के लिए बनते हैं ना?" किसी ने कहा, "फिर वो राधे श्याम कौन सा नियम बता कर सबके खेत ले गया?"

"आप लोग शांति रखिए भाई," मैंने बीच में आकर कहा, "सब ठीक हो जाएगा।"

*** *** ***

"कुछ ठीक नहीं होगा," पिंकी जी अपनी लंबी खामोशी तोड़ कर बोलीं, "सालों हो गए इन किसानों को धोखा खाए हुए। सबको पता है क्या हुआ है? सब जानते हैं अपराधी कौन है? सबको दिख रहा है कि सजा कौन भुगत रहा है? पर क्या मतलब?"

"सही कह रही हैं आप," पीछे से एक भारी आवाज आई। सभी की आँखें अचानक उन पर जम गईं।

सामने आकर वो आगे बोले, "ये तो दुनिया का दस्तूर है मैडम। यहाँ असल में किसी को कोई फर्क नहीं पड़ता। खुद का काम ठीक चल रहा है तो बस, काफी है। यहाँ न कोई किसी के साथ खड़ा होता है और न कोई किसी के लिए इंसाफ माँगता है। हिम्मत है तो खुद ही लड़ लो सिस्टम से, ले लो अपना हक इस दफ्तरशाही तंत्र में। और तो क्या कहूँ? यही तो हमारे देश की धरोहर है, जो हमने सालों से आने वाली पीढ़ी के लिए संजो कर रखा है। यहाँ कोई मर जाए तो दुनिया 'चौथे' तक याद रखती है और घर वाले 'तेरहवें' तक। उसके बाद मृतक के साथ इस दुनिया से चला जाता है उसके मरने का कारण, उसका हक, और वो इंसाफ जो उसे कभी मिला ही नहीं।"

ये थे किसान नेता, हरिदास श्रीवास्तव। दो-चार अनुयायियों के साथ वो मौके पर पहुँचे थे। चवन्नी ने नेता जी के बारे में पिंकी जी को 'लालटेन नगर पुराण' के चौथे अध्याय में ही बता दिया था। मैंने बस दोनों का परिचय करवा दिया।

"आप बहुत हिम्मत का काम कर रहे हैं," पिंकी जी ने कहा।

"मैं तो बस कोशिश कर रहा हूँ," नेता जी बोले, "पर यहाँ कोई है कहाँ मेरी सुनने वाला? महीनों बीत गए धरना दिए, पर न सरकार सुन रही है और न लोग। अरे सुनेंगे कैसे? हमारी आवाज उन लोगों तक पहुँच ही कहाँ रही है?"

"हाँ मैंने ध्यान दिया है," पिंकी जी ने कहा, "आपका आंदोलन अखबारों से अभी भी कोसों दूर है।"

"मैडम! हमारा आंदोलन अखबारों से दूर नहीं है, उसे हमारे खिलाफ एक व्यवस्थित षड्यंत्र के तहत दूर रखा जा रहा है।"

नेता जी गलत नहीं थे।

आधा हिसाब

विकास एग्रो प्राइवेट लिमिटेड के संस्थापकों में से एक, क्षेत्र के विधायक भी थे। जब बैंक किसानों की जमीन नीलाम कर रही थी, विधायक जी की राजनीति ने सुनिश्चित किया कि जमीन उनकी कंपनी को ही मिले। बैंक में होने वाले आंतरिक और वैधानिक अंकेक्षण में यह धोखाधड़ी सामने न आए, इस बात का ख्याल भी उनकी 'पहुँच' ने तय किया था।

स्पष्ट कर दूँ कि यहाँ पर 'पहुँच' का मतलब वो नहीं जो डिक्शनरी में लिखा है। यह वो 'पहुँच' है जो व्यवस्था से निपटने में काम आता है। विधायक के नजरिए से देखें तो आया भी।

नीलामी के समय जब किसानों के बीच हाहाकार मचा था, तब कई अखबार सामने आए थे, इस खबर के साथ। पर इस बात की किसी को खबर नहीं कि अगले दिन उस खबर का क्या हुआ। अखबारों में सिर्फ एक दिन के लिए छपी लालटेन नगर के इतिहास के सबसे बड़े घोटाले की खबर, समय के साथ, किसी फिल्म स्टार के छींकने की खबर के इतना नीचे दब गई, कि उसे नेता जी का प्रदर्शन भी कभी वापस नहीं ला सका।

बातें खत्म होते-होते वो सभी लोग जा चुके थे जिनका कहानी में आगे कोई काम नहीं है। वहाँ बस अनुयायियों समेत नेता जी, पिंकी जी और मैं बचे थे।

"ये किस्मत ही है कि मेरी मुलाकात आज आपसे हो गई," नेता जी बोले, "आपका अखबार से होना, और-तो-और इन राजनैतिक उत्पीड़कों के खिलाफ खड़े होना, हो सकता है हमारे इस आंदोलन में एक नया पन्ना जोड़ दे।"

"यकीन मानिए, जो कुछ भी आज मैंने इस आँगन में देखा है, उसके बाद तो मेरा अकेले ही लिभिड़ने का मन हो गया था। सिस्टम से भी, और सरकार से भी। पर इसमें आप भी मेरे साथ हैं, ये जानकर अच्छा लगा।"

"मैं चाहूँगा कि आप इस आत्महत्या की खबर को उसके कारण के साथ छापें। लोगों को पता चलना चाहिए कि यहाँ किसानों के साथ क्या खेल खेला गया है। क्यों यहाँ किसान ऐसे फैसले लेने पर मजबूर हो गए हैं?"

"आप बिलकुल भी चिंता मत कीजिए," पिंकी जी ने आश्वासन देते हुए कहा, "अब सब कुछ लिखा जाएगा, और लोगों तक पहुँचेगा भी।"

विमर्श खत्म होने के बाद नेता जी ने घर में प्रवेश लिया। पिंकी जी और मैं उस घर के भीतर जाने की हिम्मत नहीं जुटा पाए।

बाहर से जितना आँगन नजर आया था, पिंकी जी ने उतना आँगन ही अपने रिपोर्टिंग का हिस्सा बनाने का फैसला लिया। अंदर से रोने की आवाज अब भी उतनी ही आ रही थी। बस अब बाहर कोई सुनने वाला नहीं था। मैं और पिंकी जी वहाँ से वापस दफ्तर आ गए।

*** *** ***

यह कोई पहला मौका नहीं था जब किसी पत्रकार ने नेता जी को सपने दिखाए थे। ऐसा माना जाता है कि पत्रकारों के वादे चुनावी नेताओं के वादों से भी ज्यादा झूठे होते हैं। नेता जी का दिल इतना तो समझ ही रहा होगा कि भले ही आज पिंकी जी ने उन्हें लंबे-लंबे डायलॉग चिपकाए हों, अगले दिन अखबार तक कुछ नहीं पहुँचेगा।

असल में हुआ भी यही।

पिंकी जी की कोशिश में कोई कमी नहीं थी। पूरी रिपोर्ट इस शिद्दत से तैयार की गई जैसे पहले पेज की कोई सनसनी हो। अन्य खबरों से साथ मैंने उसे भी हेड ऑफिस भेज दिया।

ब्रांच ऑफिस में मेरा काम एक प्रबंधक का रह गया था। पिंकी जी की सेवाएँ, मुख्य रूप से, कर्मचारियों द्वारा लिखे रिपोर्ट्स का संपादन कर उन्हें हेड ऑफिस भेजने तक ही सीमित थीं। इसलिए इस

आधा हिसाब

ऑफिस में पिंकी जी का खुद का लिखा यह पहला रिपोर्ट था। और शायद इसलिए उनके दिल के बहुत करीब भी। पर अगले दिन जब अखबार छप कर आया, आत्महत्या, किसान आंदोलन, विश्वासघात जैसे सारे शब्द नदारद थे। पहले से लेकर आखिरी पन्ने तक, पिंकी जी द्वारा लिखे रिपोर्ट का कहीं नाम-ओ-निशान नहीं था।

पिंकी जी का गुस्सा सातवें आसमान पर पहुँच गया। इसी गुस्से में, फोन पर, जलज जी से उनकी छोटी सी बहस भी हुई। पर इस बहस का जलज जी पर उतना ही असर हुआ जितना नेता जी के आंदोलन का सरकार पर। मतलब निल-बटा-सन्नाटा।

10. रुका हुआ लम्हा

चादर ओढ़ कर लोग सो जाते हैं, रात ओढ़ कर शहर फिर भी जागता है। शहर जागता है देर रात काम से लौट कर आने वाले मेहनतकशों के लिए। शहर जागता है प्रेम में पागल आशिकों के लिए। शहर जागता है उसके लिए जिसे नींद आ जाती है। शहर जागता है उसके लिए, जिसे नींद नहीं आती।

रात का समय था। यही कोई नौ-साढ़े-नौ बज रहे होंगे। चवन्नी और दूसरे कर्मचारी घर जा चुके थे। मेरे निकलने का समय भी हो गया था। जब मैं छत का दरवाजा बंद करने ऊपर गया, मैंने देखा कि पिंकी जी, एक किनारे पड़ी ईंटों पर बैठी, दूर अँधेरे को निहार रही हैं। दूर सड़क पर जल रहे एक रोड-लाइट की मद्धम रोशनी उन तक पहुँच रही थी। हवाएँ सर्द थीं। यह एक इशारा था कि कुछ दिनों के उस पार 'ठंड' खड़ी दस्तक दे रही है।

"मुझे लगा आप चली गई होंगी," पिंकी जी के पास आकर मैंने कहा।

"घर जाने का मन नहीं हुआ," एक रूखा सा जवाब आया।

पिंकी जी को लालटेन नगर आए अब दो महीने बीतने वाले थे। व्यक्तिगत स्तर पर जितना मैं समझ पा रहा था, उनके पास यहाँ दोस्ती के करीब कुछ था, तो चवन्नी से उनकी रोज की नोंक-झोंक और वो मृदु ताने, जो वो एक-दूसरे को अनायास ही दिया करते थे।

आधा हिसाब

उन दोनों के बीच, शुरुआती गणित जरूर गड़बड़ाया था, पर एक-दो हफ्ते में ही सब 'दो-और-दो चार' हो गया। खैर, 'दो-और-दो चार' तो क्या ही हुआ होगा? हो-न-हो पिंकी जी ने 'चवन्नी प्रबंधन' में कोई डिप्लोमा ले लिया होगा। अब चवन्नी मेरे साथ कम, पिंकी जी की सेवा में ज्यादा लगा रहता था।

मेरे लिए चवन्नी का साथ बोध गया के उस पेड़ जैसा है, जिसके नीचे सिद्धार्थ, महात्मा बुद्ध बने थे। वो पेड़ जिसके नीचे उन्हें जीवन का सम्पूर्ण ज्ञान प्राप्त हुआ था। चवन्नी ने मुझे मेहमान-नवाजी का कुछ ऐसा गुरु-ज्ञान दिया कि मुझे पूरा यकीन हो गया था कि दफ्तर के एक मात्र केबिन को पिंकी जी के हवाले कर देने के अलावा इस दुनिया में कुछ भी सही नहीं है। थोड़ी तोड़-फोड़ के बाद, मेरे लिए, उसने बाहर हॉल में ही एक बैठने लायक हिस्सा तैयार करवा दिया।

परीक्षा में फेल हो जाने का डर होते हुए भी पढ़ाई छोड़कर फिल्म देखने का मन होना, एक छोटा द्वंद्व है। कभी-कभी बारिश के मौसम में धूप होते हुए भी इंद्रधनुष का दिख जाना, थोड़ा बड़ा द्वंद्व है। और इन सबसे भी बड़ा द्वंद्व है- चवन्नी स्वयं। उसको किसी की सुनने की आदत नहीं है। वो सिर्फ सुनाता है। दुनिया भर के लिए महागुरु होते हुए भी पिंकी जी के सामने अपना गुरुत्व त्याग कर, वो उनके उपदेशों के अधीन हो गया। कुछ उपदेशक काम के होते हैं और कुछ उपदेशक नाम के होते हैं। पर चवन्नी बस है। न नाम का और न काम का।

संपादन और अखबार से जुड़े दूसरे तकनीकी मामले पिंकी जी ही संभाल रही थीं। मेरी व्यस्तता सामान्य प्रबंधन में ही रहने लगी। क्योंकि हमारे बीच बात-चीत का दायरा काम-काजी ही था, ये कहना गलत होगा की मैं उनको व्यक्तिगत तौर पर जानने लगा था। और जब आप किसी को जानते नहीं हैं, चुप रहना, सामने वाले की मनोदशा का कुछ भी अंदाजा लगा कर, कुछ भी कह देने से बेहतर होता है।

मैं चुप-चाप उनके पास बैठ गया।

"आपको घर नहीं जाना क्या?" थोड़ी देर बाद उन्होंने कहा।

"जा तो सकता हूँ," मैंने कहा, "पर आपका हाल-चाल पूछने की जिम्मेदारी भी तो मेरी ही है?"

मुझे देखकर एक हल्की सी मुस्कान के बाद, दो पल को उनकी नजर झुकी और फिर वो वापस अँधेरे को निहारने लगीं।

जब दिन बुरा जाता है, रात अपने-आप लंबी हो जाती है।

आज पिंकी जी का पूरा दिन, फोन पर हेड-ऑफिस से बहस में ही निकला था। वैसे बहस कम, जलज जी पर उन्होंने अपना गुस्सा ज्यादा निकाला था। रिपोर्ट न छपने का दुख इतना बड़ा होगा, इसका अंदाजा न मुझे था, न जलज जी को, और न स्वयं पिंकी जी को। नींद तो खैर अब कुछ दिन दिल्ली वालों को भी नहीं आने वाली थी।

"इतनी जिम्मेदारी न निभाओ मिश्रा जी," कुछ देर बाद वो मुँह बनाते हुए बोलीं, "एक दिन कहीं बुरे फँसोगे।"

हँस कर बात टाल देना मुझे सही लगा, सो मैंने किया। रात बढ़ रही थी, समय रुक गया था।

"वैसे दिल्ली वालों की हालत खराब कर दी आज आपने," मैंने दो पल के बाद कहा।

"कुछ गलत किया क्या?" उन्होंने गर्म मिजाज में कहा।

"अरे! बिलकुल भी नहीं। इतना तो समय-समय पर लगते रहना चाहिए।"

"हाँ! नहीं तो?" वो बोलीं, "इतनी मेहनत से इतना इम्पॉर्टेन्ट रिपोर्ट लिखा था और छापा भी नहीं। सी.ई.ओ. होंगे अपने घर के। पता नहीं काहे का घमंड है?"

एक ही दिन में चार अलग-अलग समय पर आप एक ही व्यक्ति के चार अलग-अलग व्यक्तित्व से मिल सकते हैं। अभी मैं पिंकी जी के उस व्यक्तित्व के पास बैठा था जो सुबह दफ्तर में बैठी मैडम से बेहद अलग है। दफ्तर वाली मैडम परिपक्व हैं। यहाँ बैठी पिंकी जी में बचपना है। वो सजग हैं। इनमें बेपरवाही है। वो विचारशील हैं। इनमें स्वच्छंदता है। उनके लिए दुनिया धुमैली है। इनके लिए दुनिया या तो काली है या सफेद।

"कभी-कभी लगता है छोड़ें ये दुनिया-दारी, शादी-वादी करें, घर बसाएँ और पड़े रहे मजे में," थोड़ी झल्लाहट, थोड़ा गुस्सा और बहुत सारी अनिश्चितता के साथ उन्होंने आगे कहा।

"हैं? शादी!" मैं सचेत होकर बोला, "अचानक ये कहाँ से आ गया भाई?"

"कहाँ से क्या? यहीं रहता है। अब रिपोर्टिंग तो हो नहीं रही मुझसे। तो सोच रही हूँ यही कर लेते हैं।"

"उस खबर पर राजनैतिक दबाव थोड़ा ज्यादा है बस," मैंने सांत्वना देने के लहजे में कहा, "बाकी रिपोर्ट बेहतरीन थी।"

"हाँ मुझे पता है," वो बोलीं, "अच्छी ही होगी रिपोर्ट। नींद में भी मैं खराब रिपोर्ट नहीं लिखती।"

हम दोनों खिलखिला कर हँसने लगे। दूर-दूर तक फैली खामोश रात और उनकी फालतू की बात ने हम दोनों को एक दूसरे के प्रति बड़ी आसानी से सहज कर दिया था। यह कहना बहुत जरूरी है कि मुझे पिंकी जी के व्यक्तित्व का यह हिस्सा अच्छा लगा। किसी के साथ सहज हो जाने के बाद शायद ऐसा होता है। बुरी तो खैर दफ्तर में

बैठने वाली मैडम भी नहीं हैं। पर ये वाली पिंकी अलग से अच्छी लगी।

"आप कहती हैं तो मान लेता हूँ। अब इतना तो निभाना पड़ेगा ना?"

"अभी तो अच्छे से दोस्त भी नहीं बने और निभाने आ गए," प्रभावित होने का अभिनय करते हुए उन्होंने कहा, "सही है मिश्रा जी।"

"सही? इस दुनिया में गलत क्या है?" मैंने ज्ञान बघारते हुए कहा, "मेरी किताब में तो सब कुछ सही है। हाँ! आज तक छप नहीं पाई ये अलग बात है। असल में कुछ भी सही या गलत होता ही नहीं। सब नजरिए का खेल है। जो आपके लिए सही है, वो किसी के लिए गलत होगा। जो किसी और के लिए सही है, वो हो सकता है आपके लिए गलत हो। कोई पैमाना है कहाँ ये नापने का?"

यह कहते-कहते जब मेरी नजर पिंकी जी पर पड़ी, वो थोड़ी स्तब्ध सी दिखीं। सारा ज्ञान वापस मन में दोहरा कर मैंने समझना चाहा कि माहौल-माहौल में इतना क्या तेज कह गया? पर कुछ समझ नहीं आया।

उनकी नजर मुझ पर थी, एक-टक, पर वो कहीं खोई हुई थीं।

"क्या हुआ?" मैंने पूछा।

बिना कुछ कहे, चुप-चाप वो वापस अँधेरे को निहारने लगीं। जब कोई जवाब नहीं आया, मैंने चुप हो जाना सही समझा। शायद कोई था वो जिसको मेरे शब्दों में ढूँढ रही थीं, पर मिला नहीं।

कुछ बातें, कुछ गाने, तस्वीरें, कुछ कहानियाँ, आपको वर्तमान से उठा कर अतीत में रख देती हैं। भावनाओं का एक सैलाब आता है और आप बीते किसी पल में खुद को मौजूद पाते हैं। वर्तमान धुंधला और अतीत साफ हो जाता है।

आधा हिसाब

"किसी की याद आ गई," वो थोड़ी देर बाद चुप्पी तोड़ते हुए बोलीं।

"किसकी?"

"सब अभी बता दूँगी तो मेरी कहानी में सस्पेंस क्या रह जाएगा?" कहकर वो मुस्कुराने लगीं, "थोड़ा इंटरेस्टिंग रहने देते हैं।"

मैं हँसने लगा। पर यह सुन कर मेरी जानने की इच्छा और बढ़ गई।

"भगवान कसम किसी को नहीं बताऊँगा," मैंने अपनी तरफ से तिनके भर की कोशिश की।

"हाँ! हाँ! बहुत फिकर है ना जैसे आपको भगवान की।"

"अच्छा चलो मेरी कसम, किसी को नहीं बताऊँगा।"

"ऐसे कसम-वसम से नहीं चलेगा," वो कुछ सोचते हुए बोलीं।

"फिर?"

"फिर क्या? पहले आप अपने बारे में कुछ बताइए, उसके बाद मैं सोचूँगी।"

"मैडम छोटे शहरों में बच्चे फुल-पैंट बाद में पहनना शुरू करते हैं, शहर भर के लोगों का इतिहास पहले जान लेते हैं। मेरा क्या है? मैं तो खुली किताब हूँ।"

"कुछ भी?"

"अरे! सच में।"

"अच्छा जया के बारे में बताइए," मुस्कुराकर वो बोलीं, "भूमिका तो चवत्री ने पहले ही बांध दी है, बाकी आपसे जानना है।"

"जया के बारे में क्या जानना है?" उनका सवाल हल्के में लेते हुए मैंने पूछा।

"जया के बारे में जानकर मैं क्या करुँगी?" शरारती अंदाज में उन्होंने कहा, "मुझे तो जया और आप के बारे में जानना है।"

रात का वक्त, सितारों के नीचे, छत पर बैठे दो लोग, अक्सर बात करते-करते ऐसी बातें करने लगते हैं, जो शायद वो दोनों उस पल के अलावा कभी और करने को तैयार नहीं होते। हम सभी ने अपने-अपने मन के चारों ओर, बहुत सी लकीरें खींच रखी हैं। कुछ दूर, तो कुछ बहुत पास। और इन ही लकीरों पर हम ने खड़ी कर रखी हैं बड़ी-बड़ी दीवारें, जिनमें हमारा एकांत छिपा हुआ है। हम अपने जीवन भर में जितने भी लोगों से मिलते हैं, वो इन ही लकीरों में आकर कहीं रह जाते हैं। कुछ दूर, तो कुछ बहुत पास। कौन, किस दीवार को पार कर, मन के कितना करीब पहुँचेगा, यह समझ पाना बहुत मुश्किल है।

'स्त्री' पर पी.एच.डी. से भी ज्यादा।

इतनी बेबाकी से, आज अचानक, पिंकी जी का जया के बारे में मुझसे पूछ लेना इस बात का परिचायक था कि हम दोनों के बीच जितनी दीवारें कल थीं, आज उनसे दो-चार कम हैं। और वो संकेत जो हम दोनों के बीच बढ़ती हुई सहजता, या यह कह लें कि कम होती हुई असहजता, दे रही थी, उस पर तो कोई बात ना ही करे तो अच्छा।

"जया तो बस दोस्त है," बात खत्म करने के एक-मात्र उद्देश्य से मैंने बात शुरू की, "बचपन की अच्छी दोस्त है। बस।"

पिंकी जी के चेहरे पर एक व्यंग्य पूर्ण मुस्कान छा गई। मुझे पता था कि इस पल की खामोशी में मेरा आकलन हो रहा है। जाहिर है, बात खत्म नहीं हुई।

आधा हिसाब

"मिश्रा जी एक बात बताओ," मुझ पर एक संदेह भरी नजर डाल कर वो बोलीं, "बचपन के किस अच्छे दोस्त के पीछे-पीछे, कौन सा अच्छा दोस्त हर सोमवार मंदिर जाता है?"

मैं झेंप गया।

वो आगे कहने लगीं, "पता नहीं लालटेन नगर का क्या रिवाज है? पर दिल्ली में इसे जुर्म मानते हैं। और क्या लगता है, जब पूरी दुनिया ये बात जानती है, तब जया को पता नहीं होगा?"

मैं चुप हो गया।

इस जीवन में हर वो काम जिसे 'उद्दण्ड' विशेषण से नवाजा जा सकता है, संभवतः वो मैंने किया है। बीस से पच्चीस साल की उम्र में की गई गलतियाँ, जीवन के अलग-अलग पड़ाव पर अलग-अलग तरीके से याद आती हैं। नैतिक पैमाने पर यह गलतियाँ छोटी-मोटी हों तो नाती-पोतों को सुनाने लायक किस्से बन जाती हैं। पर अगर बड़ी हुईं तो जहन में कलंक बन कर जीती हैं। जो मैं कर रहा हूँ, क्या वो समाज की नजर में अनैतिक है?

"क्या सोचने लगे?" मुझे खोया हुआ सा देखकर उन्होंने कहा।

"कुछ नहीं," मैंने कहा।

"अरे तो कुछ सोचिए ना!" 'सोचिए' पर जोर देकर उन्होंने कहा, "कभी-कभी कुछ सोच लेना चाहिए। सोचना सेहत के लिए अच्छा होता है। अच्छा कुछ नहीं सोच रहे तो यही बता दीजिए कहानी कहाँ अटकी है। मैं भी तो देखूँ कहाँ दिक्कत आ रही है।"

उनकी बातों में एक अपनापन सा महसूस हुआ। उस आत्मीयता की भावना की तौहीन होगी अगर ये अलग से कहना पड़े कि मुझे अच्छा लगा।

"मेरी कहानी, उस कहानी के किरदार, सब अस्त-व्यस्त पड़े हैं। काश मैं कुछ बदल पाता।"

"अपनी कहानी बदलने की चाहत में, अक्सर लोग अपना किरदार बदल लेते हैं। खुद की कहानी में खुद को ही खो देते हैं। बाकी सब कर लेना, ये गलती मत करना।"

"इतना भारी?" कहकर मैं मुस्कुराया।

"हल्का-हल्का," वो भी कहकर मुस्कुराने लगीं।

इसके बाद जो बात हुई, लंबी चली। कुछ फिल्में होती हैं ना, जिनमें कहानी, हीरो के पैदा होने से शुरू होती है। मैंने भी अपनी और जया की कहानी ऐसे ही शुरू की। वो बचपन की दोस्ती, वो गली-मोहल्ले के किस्से, वो लड़ना-झगड़ना, वो रूठना-मनाना। रणविजय चाचा की जिद पर उसका दिल्ली जाना। सब बताया मैंने। हमारी कहानी में कोई विलेन नहीं था, कहानी में फिर भी कुछ अच्छा नहीं हुआ। जया के वापस आने के बाद उसकी शादी ने हम दोनों के बीच जितनी दूरियाँ पैदा की, उससे ज्यादा उस हादसे ने किया जिसमें उसका सब कुछ छिन गया।

"तो अब क्या जीवन भर ऐसे ही पीछे-पीछे घूमना है?" पिंकी जी बोलीं, "कि कुछ करना भी है?"

"मैं क्या कर सकता हूँ?"

"सब कुछ," दूर अँधेरे को ताकते हुए वो बोलीं।

मैंने कुछ नहीं कहा। बस एक-टक उनको निहारता रहा।

कुछ देर की खामोशी के बाद अचानक ऐसा लगा जैसे पिंकी जी का कोई दूसरा व्यक्तित्व सक्रिय हो गया है। मूड बदल कर मुस्कुराते हुए वो बोलीं, "देखो भइया! हमको नहीं पता तुम किस किस्म के आशिक

हो। पर जो भी हो इतना समझ लो कि ऐसे बैठे-बैठे बस एक चीज होता है- बंटाधार। अबे! बात तो करो। क्या होगा? इग्नोर कर देगी। एक-तरफा आशिक इस दुनिया में इग्नोर होने के लिए ही पैदा होते हैं। थोड़ा तुम भी हो लेना।"

मैं कुछ हिचकिचाया। इस बात पर मेरा ध्यान गया कि हम दोनों ने बीते कुछ घंटों में 'आप' से 'तुम' तक का सफर तय कर लिया था। पिंकी जी का यह रूप कुछ अलग-सा महसूस हुआ। इतना सहज। और इतना बेबाक।

"क्या हुआ," मेरा संकोचपूर्ण मुख देख कर उन्होंने पूछा, "दो-तरफा है क्या?"

"नहीं।"

"तो ऐसा मुँह क्यों बना लिया जैसे किसी ने जलील करके घर भेज दिया हो।"

मैं हँसने लगा।

"हाँ यार!" वो आगे बोलीं, "अब देखो वो लड़की पसंद तो है तुमको। हो सकता है उसके मन में तुम्हारे लिए भी कुछ हो। कभी पूछा तो तुमने है नहीं। कौन जाने? मानती हूँ कि उसका जीवन कठिन रहा है। पर तुम क्या कर रहे हो? जाओ! आसान करो।"

"डर लगता है," मैंने कहा।

"क्या डर लगता है?"

"पता नहीं।"

"पता नहीं? अरे दादा! डर है कि अंधविश्वास?"

मैं मुस्कुराने लगा। माहौल अब गमगीन नहीं रहा। इसके बाद बातें नहीं हुईं, बकैती हुई। बातों में समय बीतता हुआ मालूम पड़ता है। बकैती समय के रजिस्टर में दर्ज नहीं होती। जया पर चर्चा जारी रही। इतना विमर्श अगर संसद में बेरोजगारी पर हो जाए तो सूरज को भी नौकरी मिल जाए। अरे सूरज अपना! बप्पन चाचा का लड़का। पर इतना गहन चिंतन ऐसे ही लालटेन नगर की रातों में, छतों तक ही सीमित है। निष्कर्ष यह रहा कि अब पिंकी जी को जया से मिले बिना चैन नहीं मिलेगा।

"बहुत देर हो गई है," कुछ देर के बाद पिंकी जी बोलीं, "कल वापस नहीं आना है क्या?"

"आना तो पड़ेगा," मैंने मुस्कुराकर कहा, "और वो भी समय पर। लेट हुए तो चवन्नी हमारी छुट्टी लगा देगा।"

"हाँ सही है," वो बोलीं, "चवन्नी के नाम पर ही चलते हैं। नहीं तो यहीं रात निकल जाएगी।"

छत का किस्सा अब खत्म होने को आ गया था। कहानीकार ने नाटक का यह दृश्य इतना ही लिखा था। पिंकी जी उठ कर नीचे जाने लगीं। मुझे पर्दा गिरता हुआ सा महसूस हुआ। सामने बैठे लोग, किसी सोच में भी, तृप्त से दिखे। पिंकी जी नीचे चली गईं। ताला लगाकर मैं उनके पीछे-पीछे आ गया।

रात के एक बजे अगर लालटेन नगर में रिक्शा मिल जाता, तो लालटेन नगर काहे का? शहर को 'दिल्ली' न कहते? खैर! अच्छा है कि यह दिल्ली नहीं है। कम-से-कम जरूरत पड़ने पर यहाँ एक कोने से दूसरे कोने पैदल तो जा सकते हैं।

"चलिए पैदल ही चलते हैं," आस-पास बिखरे सन्नाटे को देख कर पिंकी जी ने कहा।

आधा हिसाब

"हाँ चलिए," अफसोस भरी आवाज में मैंने कहा, "अब और कोई रास्ता भी कहाँ है?"

"अब इतना लोड ना लो मिश्रा जी। पैदल ही तो चलना है। गाँधी जी भी गए थे, साबरमती आश्रम से डांडी।"

"पर उनका उद्देश्य नमक था, और हमारी मजबूरी," कहकर मैं आगे बढ़ गया।

पिंकी जी साथ-साथ चलने लगीं।

कला ने समाज को चीजों के तात्विक महत्व के ऊपर देखने का नजरिया दिया है। अगर मुझे फिल्में देखने की आदत होती तो जरूर यह समय जो कट रहा था, 'गुजरता-सा' महसूस होता। अज्ञानी कहेंगे कि मोनालिसा की तस्वीर क्या है? कागज पर घुमाया गया रंगों भरा ब्रश। वहीं ज्ञानवान उसकी आँखों में डूब जाते हैं। जहाँ हम जैसे अज्ञानियों का उठा एक-एक कदम, घर पहुँचने का प्रयोजन मात्र है, वहीं ज्ञानी सर्द अँधेरी रात में एक अच्छे साथ का आनंद ले रहे होते हैं। गलती से घर भी पहुँच गए तो सोने-में-सुहागा।

कला के प्रेमी हर चीज में अर्थ ढूँढ लेते हैं। वो सड़क भर टिम-टिमाती रोड-लाइट को देखते हैं। महसूस करते हैं ठंडी हवाओं को। रंग ढूँढते हैं, रात के घुप अँधेरे में भी।

पिंकी जी का नहीं पता, पर मुझे तो घर पहुँचने की जल्दी थी। 'क' के बाद 'ख' और 'ग' ही पढ़ा है मैंने। जीवन में 'ल', 'ल-ला' का नंबर ही नहीं आया कभी।

"क्या हुआ?" पिंकी जी ने सवाल किया।

मुँह से कोई आवाज नहीं आई, पर मैंने 'ना' में सिर हिला दिया।

"अरे क्या हो गया?" जिद भरी आवाज में उन्होंने कहा, "कहानी सुना कर सन्नाटे में चले गए।"

"ना! ना! मैं तो आपकी कहानी के बारे में सोच रहा था," बात बनाते हुए मैंने कहा।

"मेरी कौन सी कहानी?" बच्चों सा मुँह बना कर वो बोलीं।

"हाँ ये ठीक है," मैं शिकायत करने लगा, "सामने वाले से सब पूछ लो। खुद कुछ मत बताओ।"

पिंकी जी हँसने लगीं।

"क्या जानना है मेरे बारे में?"

"आप ही बताइए," मैंने कहा, "कुछ ऐसा जिसमें पूरी पिंकी दिख जाए मुझे।"

"पूरी पिंकी तो नहीं दिख रही इतनी सी बात में।"

"हाँ! ये भी ठीक है। अच्छा कभी कोई पसंद आया हो? या वही बता दीजिए जो आप छत पर बैठकर सोच रही थीं। या वो जिसकी आपको अचानक याद आई थी।"

"छत पर तो पता नहीं क्या-क्या चल रहा था दिमाग में। खुद की लाइफ के डिसीजन गलत लगने लगते हैं ना कभी-कभी? बस वही हो रहा था।"

"जैसे?"

"जैसे क्या-क्या सपने थे करियर को लेकर?" हताश होकर वो बोलीं, "बहुत कुछ हासिल करना था। और इस होड़ में क्या-क्या खो दिया।"

"फिर यहाँ, छोटे से शहर में क्यों," मैंने पूछा।

आधा हिसाब

"किसी अपने से दूर जाने के बाद हम पहला बहाना उसके पास आने का ढूँढते हैं," वो बोलीं।

मन किया दो पल को वहीं बैठ जाऊँ। वैसे तो रात के एक बजे, सुनसान सड़क पर, इतनी भारी-भारी बातें सिर के एक इंच ऊपर से जानी चाहिए थीं। पर नहीं गईं। मैंने आज शायद दो इंच के सोल वाला जूता पहन रखा था।

"दिल्ली आने से पहले मैं कुछ महीनों के लिए भरतपुर आई थी," उन्होंने बोलना शुरू किया, "घर वाले शादी की रट लगा कर बैठे थे। दिन भर सामने दिखो तो और तेज हो जाते हैं। मासी का घर सबसे सेफ रास्ता लगा, सो मैं आ गई कुछ दिनों के लिए। समय निकालने के लिए एक स्कूल में टीचर भी बन गई। 'इंग्लिश' पढ़ाती थी। ठीक है!"

'इंग्लिश' पर पूरा जोर था।

"हाँ! हाँ! ठीक है" उनके बनावटी गुरूर को मैंने पूरी इज्जत के साथ स्वीकार किया, "फुल रेस्पेक्ट।"

मेरी हँसी छुट गई। अँधेरा अब भी उतना ही था। रोड-लाइट अब भी झिझक रहे थे। पर हवाओं में कसक कम होने लगी। उनकी मुस्कान अब खिलने लगी थी। सुकून हैं इस जहान में, कुछ ऐसे भी।

"फिर?" एक मामूली से अंतराल के बाद मैंने पूछा।

"फिर वहाँ मिले शुक्ला जी।"

"हैं!" रात के सन्नाटे में मेरी प्रतिक्रिया थोड़ी उत्साहित सी लगी, "हीरो की एंट्री हो गई क्या?"

"कह सकते हैं," वो मुस्कुरा कर बोलीं, "पर संभल कर। ज्यादा हीरो-वीरो मत कहो। कहानी घूम-फिर कर वैसे भी निल-बटा-सन्नाटा हो जाएगी।"

"हाँ! हाँ! आप तो बिंदास बताइए। मैं भी तो देखूँ कहाँ दिक्कत आ रही है।"

"दिक्कत तो क्या, कहीं कुछ भी नहीं थी। बस जो होना होता है, हो जाता है। वो कहते हैं ना, हर सवाल के जवाब नहीं होते। बस वैसा ही कुछ। अच्छा! बबलू शुक्ला से मेरी पहली मुलाकात मेरे घर पर ही हुई थी। भरतपुर में नहीं। शादी के लिए वो मुझे देखने आए थे।"

मेरी रुची थोड़ी और बढ़ गई।

"खैर! आए वो थे, देख मैंने लिया। मेरा मन नहीं था शादी-वादी का। और ये जर्नलिस्ट बनने का भूत अलग से सवार था। मैंने मना कर दिया। मुझे लगा लड़का बुरा मान जाएगा। उल्टे दोस्ती हो गई। मतलब उस समय उतनी खास नहीं हुई थी। बाद में जब मैं उनसे भरतपुर में मिली, तब। नए जगह, शुक्ला जी का साथ सुखद था। हम बहुत बातें करते थे। कभी-कभी आपको कोई ऐसा मिल जाता है न, जो आपकी बातों की वेवलेंथ कैच लेता है, बस वही। उनका ठेकेदारी का धंधा था। उस पर भी खूब बात हुई। एक सरकारी टेंडर में तो वो और उनके साथी निपटते-निपटते बचे। मुझे अगर जिंदगी का एक हिस्सा दोहराने को मिले, तो मैं शायद भरतपुर में बबलू शुक्ला के साथ बीते वो छह महीने ही चुन लूँ। एक ठहराव सा था मेरे उस 'होने' में। एक लम्हा जो कहीं रुक-सा गया था।"

"मतलब शुक्ला जी पसंद आ गए आपको," उनकी बातों में उतर कर मैंने सवाल किया।

"बस यही तो समझ नहीं आया कि हुआ क्या। मुझे उनका साथ पसंद था। घाट पर हम दोनों घंटों बिता देते थे और पता भी नहीं चलता था।

शायद हाँ! या पता नहीं। पर हाँ, जिस दिन मुझे इंटर्नशिप का ऑफर आया था, वो मुझसे मिलने स्कूल आए थे। मैंने उन्हें बताया कि अब वापस जाना होगा। कोई बात थी जो होनी थी, पर होते-होते रह गई। कुछ था जो अनकहा रह गया। शायद उस खबर के अलावा मैं और भी कुछ कहना चाहती थी, पर कह न सकी। बस! फिर मैं वापस दिल्ली चली गई, और वो कहानी वहीं छूट गई।"

"फिर कभी मिलना नहीं हुआ?" मैंने पूछा।

"फोन पर बात होती थी, कभी-कभी, पर वो भी समय के साथ कम हो गई। व्यस्तता दोनों जगह थी, इसलिए कुछ पता नहीं चला कि कब, क्या, खत्म हो गया। अब त्योहारों और जन्मदिन का 'हाय-हैलो' बाकी है, बस। जलज जी ने जब यहाँ आने को पूछा, मेरा दिल बहुत जोर से धड़का था। मैं जानती थी भरतपुर यहाँ से बस लगा हुआ ही है। मैं तो कहने वाली थी कि किसी और को भेज दीजिए। पर काम तो काम है। आखिरकार आ ही गई।"

"भरतपुर के इतने करीब आकर इच्छा तो होती होगी, मिलने की।"

"बहुत," मुस्कुरा कर उन्होंने कहा, "बहुत इच्छा होती है। पर डर लगता है। सब-कुछ कहीं पहले जैसा नहीं हुआ तो? लाइफ में इतना करीब मैंने किसी को नहीं आने दिया जितना शुक्ला जी आ गए थे। और अब वापस वहीं जाने में डर लगता है।"

"ये तो बिना सिर-पैर का लॉजिक है।"

"रिश्तों में लॉजिक कहाँ होता है?"

मैं कुछ न कह सका। कुछ कदम की दूरी पर पिंकी जी का घर अब नजर आने लगा था। आगे का रास्ता खामोश कटा। मैं बबलू शुक्ला के बारे में सोचने लगा। वो शायद जया के बारे सोच रही होंगी। उनकी कहानी सुन कर लगा कि इस दुनिया में कोई 'पूरा' नहीं है।

हर कहानी अधूरी है। हर किसी का एक 'काश' है। और देखा जाए तो यह 'काश' जरूरी है जीने के लिए।

इंसान को अगर सब-कुछ मिल जाए, तो वो संत न हो जाए।

"चवन्नी को झेलने का मन न हो तो सुबह जल्दी आ जाना," पिंकी जी अपने घर की सीढ़ियाँ चढ़ते हुए बोलीं, "और जया के बारे में ज्यादा मत सोचना, करते हैं कुछ।"

मैंने मुस्कुरा कर हाथ हिला दिया। वो अंदर चली गईं।

एक बार फिर पर्दा गिरता हुआ सा महसूस हुआ। सामने बैठे लोग, नींद में थे। रात के दो बजे और क्या करेंगे?

11. नई शुरुआत

भारत और साउथ अफ्रीका के बीच टेस्ट मैच खेला जा रहा था। दफ्तर का एक-मात्र टी.वी., दफ्तर के एक-मात्र केबिन में लगा था। वो केबिन, जो कभी मेरा था। वो केबिन, जो अब मेरा नहीं रहा। वफा लोगों से न हो सकी, हम केबिन से कहाँ तक उम्मीद करते। बीते महीने पिंकी जी की मौजूदगी में क्रिकेट बेगाना हो गया था। कोई चुनाव आस-पास नहीं था, पर पिंकी जी के आने के बाद ऐसा लगने लगा जैसे दफ्तर में आचार सहिंता लग गई हो। उनकी गैर-मौजूदगी में एक-दो बार मैच का आनंद मिला जरूर, पर उनके वापस आते ही सब खत्म। जब-जब केबिन में क्रिकेट के दिलचस्प मैच होते, हॉल में बैठा मेरा दिल पसीज जाता। चवन्नी का क्रिकेट प्रेम वैसे तो पूरे मोहल्ले में प्रसिद्ध है। पर अब पिंकी जी के सामने उसके आत्मसमर्पण की कहानी ज्यादा प्रासंगिक हो गई है।

बीती रात मुझे और पिंकी जी को घर जाने में देर हो गई थी। मैडम को आने में थोड़ा देर होना 'लगभग' तय था। इसी 'लगभग' पर दाँव खेल कर, मैं और चवन्नी उनके केबिन में मैच का आनंद लेने लगे।

"इस गेंद को कवर में खेलना था," क्रिकेट का ज्ञान मैं भर-डब्बे उढ़ेलने लगा।

चवन्नी असहमत हुआ। मुझे उसकी असहमती पर आश्चर्य नहीं हुआ। जब क्रिकेट की बात चल रही होती है, हिंदी पट्टी के लड़के अपने बाप के अलावा किसी से एग्री नहीं करते। चवन्नी का सहमत होना तो बड़ी दूर की बात है।

"चलिए!" पिंकी जी धड़-धड़ाते हुए केबिन में आईं और बैग रख कर बोलीं, "आज बहुत जरूरी काम है।"

हम दोनों की साँसे उतनी ही तेज हो गईं जितनी स्कूल के बच्चों की हो जाती है जब पी.टी. वाले सर क्लास में बैग चेक करने आते हैं। काम के वक्त मेरा और चवन्नी का क्रिकेट में तल्लीन होना सामान्यतः मैडम की नाराजगी का कारण होता है। ऐसी स्थिति में प्रायः उनके मुख-मंडल से कुछ हृदय-विदारक ताने निकलते हैं, और मैं और चवन्नी, वापस अपने-अपने काम पर लग जाते हैं। पर आज नाराज होकर ताने मारने वाला दृश्य नहीं हुआ। आज शायद रिक्शे वाले ने किराया नहीं लिया होगा। या शायद छुट्टे ज्यादा वापस मिल गए हों। पता नहीं। पर मैडम का मूड अच्छा था, यह समझ आ गया।

"चाय तो पी लीजिए," कहते हुए चवन्नी हड़बड़ा कर खड़ा हुआ।

टी.वी. बंद करने का लक्ष्य साध कर मैंने रिमोट उठाया। टेस्ट-मैच देखते-देखते टी.वी. बंद कर देना मन को दुखी करता है, पर यह दुख आज तक उतनी मान्यता नहीं प्राप्त कर सका, जितना उसे संभवतः करना चाहिए। जिस नेता को वोट दिया, उसका चुनाव जीतने के बाद पार्टी बदल लेना ही इस दुनिया का एक-मात्र दुःख है। बाकी सब ढोंग है। चवन्नी ने अपनी तुच्छ सी जिंदगी में मोहब्बत में किए वादे पलटते देखे हैं। तब उसे कोई फर्क नहीं पड़ा। पर पिंकी जी की यह बात सुन कर उसके पैरों तले जमीन खिसक गई।

"टी.वी. चलने दीजिए, बस आवाज थोड़ी कम कर दीजिए," पिंकी जी ने मुझसे कहा, फिर चवन्नी की ओर पलट कर वो बोलीं, "हाँ! हाँ! चाय पिएँगे,", "जरूर पिएँगे। चाय को कौन मना करता है?"

आधा हिसाब

चवन्नी अब भी मैडम के तेवर में कमी का कारण समझने की कोशिश कर रहा था। मुझे बीती रात हुई बातें पता थी। रिमोट को टेबल पर वापस रख कर, मैं सन्नाटे में बैठ गया। मेरा आधा ध्यान क्रिकेट पर, आधा पिंकी जी पर, और बाकी चवन्नी पर था।

"बस अभी लाया," दुविधा भरी आवाज में कह कर, चवन्नी किचन की ओर कूच कर गया।

"सुनाई दिया कि नहीं?" चवन्नी के जाते ही पिंकी जी मुझसे बोलीं।

"हाँ! हाँ! पी लेंगे चाय," मैंने कहा, "कोई दिक्कत नहीं है।"

"मैं चाय की बात नहीं कर रही।"

"फिर?"

"कहा तो कि जरूरी काम है।"

"आपके तो सारे ही काम जरूरी होते हैं," मैंने कहा, "अभी किसकी बात चल रही है?"

"बैंक चलना है आज," पिंकी जी बोलीं, "जया से मिलने।"

बचपन में जब सुई लगती थी, दिमाग दो पल को सुन्न हो जाता था। पिंकी जी की बात सुन कर, मैं चार पल को सुन्न हो गया। बीती रात अंदाजा लगा था कि मैडम जया से प्रभावित हुई हैं। पर इतना थोड़ी कि अगली सुबह होते ही जया का नाम जपने लगेंगी?

"अब यार तुम घबराओ नहीं!" मुझे घबराया हुआ सा देख कर वो बोलीं, "कुछ काम की बात करनी है उससे।"

"काम? आपको? जया से?"

"हाँ सर! काम... मुझे... जया से! क्या दिक्कत है?"

"क्या काम?"

"सब यहीं बता दूँ?"

"फिर से छत पर चलना पड़ेगा क्या?"

वो मुस्कुराने लगीं। उनके अनुसार उन्हें पिछली रात नींद नहीं आई। रात भर उनके दिमाग में बस किसान, उनका आंदोलन, आत्महत्या, उस पर लिखा उनका रिपोर्ट और उस रिपोर्ट का तिरस्कार चलता रहा। उनका मन तो बहुत किया कि इस बारे में कुछ किया जाए।

पर अँधेरा बहुत था।

उन्होंने खूब दिमाग लगाया। जीवन में शायद पहली बार इतना सोचा होगा। और अंत में इस गहन-चिंतन का सर्वश्रेष्ठ प्रतिफल यह निकला कि उन्हें जया से मिलना चाहिए।

दरअसल, जया ग्रामीण बैंक की उसी ब्रांच में काम करती है जहाँ से किसानों के नाम का लोन अधिकृत हुआ था। पिंकी जी ने सोचा कि क्या पता जया उस केस के बारे में कोई काम की जानकारी देने में मदद कर पाए। कुछ नहीं तो किसानों के खिलाफ धोखाधड़ी का कोई सबूत ही मिल जाएगा। मैडम की सोच गलत नहीं थी। बस उन्हें याद नहीं रहा कि इस मामले में दाल के साथ-साथ चावल भी काला है।

*** *** ***

दोपहर के तीन बज रहे थे। बैंक के सभी कर्मचारी दिन का सबसे महत्वपूर्ण काम कर चुके थे। अलग से बताने की जरूरत नहीं है कि मैं 'लंच' की बात कर रहा हूँ। हमारे देश के सरकारी बैंकों में लंच एक त्यौहार की तरह मनाया जाता है। गलत भी नहीं है। सभी को अपनी-अपनी खुशी चुनने का हक है।

आधा हिसाब

ब्रांच में काफी पारिवारिक माहौल था। कर्मचारी और ग्राहक एक दूसरे से काफी घुले-मिले दिखाई दिए। काउंटर का भेद होता होगा बड़े शहरों में। जरूरत पड़ने पर यहाँ कैशियर काउंटर के बाहर आ जाता है और ग्राहक काउंटर के अंदर। एक चाचा को मैनेजर साहब खुद समझाने आ गए कि ब्रांच उन्हें ए.सी. का मजा दिलाने के लिए नहीं खोल रखा है। खुद को ठंडा करने का प्रबंध कहीं और जा कर करें।

"धड़कन!" जया ने मुझे देखते हुए कहा, "यहाँ कैसे?"

"छुट्टे चाहिए इनको," पिंकी जी हँसते हुए बोलीं।

जया को समझ नहीं आया। दो पल बाद मैं समझ गया की मजाक था।

"अरे कुछ नहीं," मैं मुस्कुराते हुए कहने लगा, "ये हैं पिंकी शर्मा। '365 न्यूज' की तरफ से फिलहाल एम.एन.ए. में कार्यरत हैं। असिस्टेंट मैनेजर।"

जया के चेहरे पर असमंजस साफ दिख रहा था। उसका सुनना-ना-सुनना सब एक बराबर था। अपनी जगह एक अन्य सहकर्मी को बैठा कर हम लोगों के साथ जया अंदर के कमरे में आ गई। यह शायद कर्मचारियों के खाना खाने का स्थान था।

दोनों ने अपने-अपने हिसाब से नमस्ते-प्रणाम कर लिया था। औपचारिकता चरम पर थी। मुझे देखकर जया का असहज होना तय था। वो हुआ। आज शायद महीनों बाद हम आमने-सामने आए थे। पर भला हो पिंकी जी का। उनकी लाग-लपेट भरी बातों ने उस असहजता को ज्यादा देर टिकने नहीं दिया।

बात-चीत का सिल-सिला शुरू हो चूका था।

"बताते हैं बचपन में इन्होंने आपकी चोटी काट दी थी?" पिंकी जी ने माहोल हल्का करने की कोशिश में आगे कहा।

"हाँ! फिर डंडे भी खूब पड़े थे," कहकर जया मुस्कुराने लगी।

"वो तो रणविजय चाचा बीच में आ गए वर्ना मैं नहीं बचता उस दिन," मैंने कहा।

हम तीनों मुस्कुराकर अचानक चुप हो गए। शायद मन में कोई बात थी जो हम कहते-कहते रुक गए। या शायद बस यूँ ही किसी को कुछ कहने का मन नहीं हुआ। हादसे के बाद, जया मेरे साथ-साथ दुनिया से भी कट गई थी। चाचा की देखभाल और नई नौकरी में व्यस्त होकर, वो अपने में ही रहने लगी। ऐसे में मुझसे उसकी बात-चीत, सीमित होते-होते, एक दिन खत्म हो गई। वक्त के साथ भावनाओं का बदल जाना बड़ी आम बात है। हम दोनों के बीच भी यही हुआ।

"चाचा कैसे हैं?" चुप्पी तोड़ कर मैंने पूछा।

"बढ़िया हैं," जया बोली, "पूछ रहे थे तुम्हारे बारे में। तुम कैसे हो?"

मेरे लिए जया का 'तू' से 'तुम' तक का सफर तय कर लेना, खटका। वक्त के साथ चीजें सचमुच बदल जाती हैं। मैं शायद 'तू' के बचपने से 'तुम' की प्रौढ़ता तक नहीं आना चाहता था। पर आना पड़ा।

"पता है, रणविजय चाचा भरतपुर में मास्टर थे," मैंने पिंकी जी से कहा। फिर जया की ओर मुड़कर मैंने उसे आश्वाशन देना चाहा, "जल्दी आऊँगा उनसे मिलने। बहुत समय हो गया है।"

"फिर तो मैं भी आऊँगी साथ में," पिंकी जी मुस्कुराते हुए बोलीं, "भरतपुर में एक प्राइवेट स्कूल में कुछ समय के लिए मैंने भी पढ़ाया है। तीन साल पहले की बात है।"

आधा हिसाब

"अच्छा!" जया अब तक सहज हो चुकी थी, "आप इधर की लोकल ही हैं क्या?"

ऐसे ही और भी सवाल-जवाब होने लगे। इन सवाल-जवाबों में, मुख्यतः, वो दोनों एक दूसरे के बारे में ही बात-चीत करती रहीं। जिस हिसाब से फालतू बातें होने लगी थीं, ऐसा बिलकुल भी नहीं लगा कि जया अपना काम छोड़कर अंदर बैठी है। छोटी जगह के बैंकों में यह आम बात ही होगी, वर्ना अभी तक किसी को, जया को ढूँढते हुए, अंदर आ जाना चाहिए था।

आधे घंटे बाद भी कोई नहीं आया।

पिंकी जी का यहाँ आने का एक उद्देश्य था। मुझे अगर खींच कर यहाँ नहीं लाया गया होता तो मैं शायद जया के सामने नहीं आता। वैसे कोई खास कारण नहीं है। बस इतना कि अब मुझे जया समझ नहीं आती। बचपन का प्रेम कुछ नहीं देखता। न सूरत, न सोच, न घर, न परिवार। वो बस हो जाता है। बचपन में कुछ भी सोचना-समझना नहीं पड़ता था। पर अब जब हम बड़े हो गए, वक्त के साथ भावनाएँ बदल गईं। अब सोचना पड़ता है। समझने की इच्छा होती है। खैर, जया को समझ पाना मेरे बस की बात पहले भी कहाँ थी, जो अब होती।

जब तक मेरा भटका हुआ ध्यान वापस आया, पिंकी जी काम की बात शुरू कर चुकी थीं। जया ने बताया कि बैंक की किताब में इस मामले को निपटे दो सालों हो गए हैं। विधायक जी की मेहरबानी से पूरा स्टाफ बदल गया है। अब न मैनेजर वो है, और न ही कर्मचारी। और वो दो साल पहले आग भी तो लगी थी ब्रांच में। उसके बाद उस केस से संबंधित कोई कागज नहीं बचा।

"अब तो सिर्फ सिस्टम पर लोन के एकाउंट ही हैं, जो जमीन बिकने के बाद बंद कर दिए गए थे," जया ने कहा।

"हाँ ठीक है, वही देख लेते हैं," पिंकी जी निराश होकर बोलीं, "वैसे मुश्किल ही है कि वो किसी काम आएँगे।"

"अरे हाँ!" जया की आँखों में अचानक एक चमक आ गई, "जिस कंपनी ने उस जमीन को खरीदा है- विकास एग्रो प्राइवेट लिमिटेड, उसने फैक्ट्री बनाने के लिए यहीं से लोन लिया है। उसकी फाइल तो यहीं रखी है ना। वो देख सकते हैं। शायद कुछ काम की जानकारी मिल जाए।"

"हाँ ठीक है," मैंने कहा, "कुछ नहीं से कुछ बेहतर।"

"मैं अभी लाई," कह कर जया दूसरे कमरे में चली गई।

*** *** ***

विकास एग्रो प्राइवेट लिमिटेड की लोन फाइल की एक नकल लेकर हम सब वापस दफ्तर आ गए। हमारे साथ जया भी थी। मैं जया को देखकर हैरान भी था और खुश भी। हैरान इसलिए कि आज कई महीनों बाद मैंने उसे किसी चीज के लिए रोमांचित देखा था। और खुश इसलिए कि आज कई महीनों बाद मैंने उसको मुस्कुराते हुए देखा था।

जमावड़ा पिंकी जी के केबिन में लगाया गया।

हम तीनों उस फाइल के अलग-अलग हिस्सों को अलग-अलग समय पर बार-बार पढ़ रहे थे। ऋण आवेदन से लेकर ऋण स्वीकृति तक के सारे कागज लगे थे। बहुत सी चीजें कानूनी थी और बहुत सी लेखांकन से जुड़ी हुई। जिसको जितना समझ आ रहा था, वो उतना ज्ञान बघार रहा था। चवन्नी को समय-समय पर चाय-कॉफी की व्यवस्था करने का काम सौंप दिया गया था। जाँच-पड़ताल युद्ध-स्तर पर जारी था।

आधा हिसाब

रात के साढ़े-नौ बज गए, पर कोई भी काम की चीज सामने नहीं आई। मन उदासी की कगार पर आ गया था, पर हम तीनों गीता के ज्ञान को सत्य मान कर लगे हुए थे। रात बढ़ रही थी। और फल की चिंता करने का समय हमारे पास नहीं था।

"भास्कर शुक्ला!" एक पन्ने पर नजर गड़ाए हुए पिंकी जी अचानक बोलीं।

उनके चेहरे पर हैरानी साफ देखी जा सकती थी।

"हाँ बिल्डर है!" मैंने जवाब दिया, "फैक्ट्री में सिविल वाला सारा काम इसी का है। कोटेशन लगा तो है, आपके पास जो फाइल है उसमें।"

"हाँ वही देख रही हूँ।"

"कुछ दिक्कत है क्या?" जया समझाने लगी, "बैंक से लोन के लिए 'कोटेशन' लगता है। उसमें यह लिखा रहता है कि बिल्डर ने शेड और बाकी निर्माण के लिए खर्चे का क्या एस्टीमेट दिया है। इसमें प्रोजेक्ट की लागत का एक बड़ा हिस्सा शामिल होता है। स्टेटमेंट चेक कीजिए, लोन के शुरुआती कुछ ट्रेंच बिल्डर के एकाउंट में ही गए होंगे। फाइल में आगे बिल के नकल भी लगे होंगे।"

पर जया की बात बेवजह रह गई। ऐसा लगा जैसे पिंकी जी ने कुछ सुना ही नहीं। जैसे वहाँ पर वो मौजूद ही न हों। जया मेरी ओर देखने लगी। पर मेरे पास कोई जवाब नहीं था। हल्की सी नींद जो गहराती रात के साथ उतर आई थी, कहीं छू-मंतर हो गई।

बड़ी संजीदगी से दो पल बाद पिंकी जी मेरी ओर देखकर बोलीं, "यही तो है! बबलू शुक्ला।"

*** *** ***

मूल रूप में जीवन आसान है। हम बेवजह ही लोगों और समाज के फेरे में पड़ कर इसे कठिन कर लेते हैं। और इतना ही आसान है प्रेम। जिसका, लोगों और समाज के हस्तक्षेप में, हम सिर्फ मिलावटी रूप देख पाते हैं।

कागजों में बबलू शुक्ला का नाम देख कर पिंकी जी के चेहरे पर उत्साह, डर, खुशी, सवाल, घबराहट, सब एक साथ दिखने लगे। यह शायद प्रेम का एक मिलावटी रूप ही था। अच्छा-खासा चलता हुआ फिल्म का कैसेट, जैसे कहीं अटक गया हो। पूरा दिन काम करने के बाद दिमाग वैसे भी 'भारत बंद' के नारे लगा रहा था। अगले दिन के वादों के साथ, रात वहीं रोक दी गई।

12. वकील साहब और वो

जानवर से मनुष्यता के सफर में मानव जाति का सबसे बड़ा त्याग उसकी स्वच्छंदता है। इस बदलाव की प्रक्रिया में हमने अनजाने में एक बंधन स्वीकार कर लिया है। लोग, भावनाएँ, परवाह, समाज, सब इसी धागे की गाँठ हैं। व्यक्तिगत रूप से किसी को भी इस गाँठ को चुनने या न चुनने की विलासिता प्राप्त नहीं है। वो इंसान के साथ ही जन्म लेता है, उसके मनुष्य होने का बोझ बनकर।

इस बंधन को त्याग कर इंसान या तो वापस जानवर बन जाता है, या संत।

ज्ञान अपार है चवन्नी के पास। बस कोई सुनने वाला नहीं है। मैं कभी-कभी कागज पर लिख लेता हूँ। खुशी मिलती है, अकेले में उन्हें जला कर।

वैसे तो टेस्ट मैच का तीसरा दिन अक्सर निर्णायक होता है। पर आज दर्शनीय उत्साह में एक कमी थी। दरअसल आज मेरे और चवन्नी की बात-चीत का मुद्दा ही अलग था। हमारा ध्यान मैच पर कम, पिंकी जी और जया पर ज्यादा था।

फाइलों में बबलू शुक्ला का नाम आने के बाद पिंकी जी बहुत देर तक इस असमंजस में थीं कि अब क्या करना है? वो जिस रास्ते को बहुत पहले छोड़ आई थीं, वापस उसके करीब जाना सही रहेगा या

नहीं? जब अतीत दरवाजे पर दस्तक देगा, वो क्या कहेंगी बबलू शुक्ला से?

सुबह-सुबह चवन्नी मुझे यह समझाने की कोशिश कर रहा था कि पिंकी जी बबलू शुक्ला से संपर्क करने में बेवजह ही घबरा रही हैं। इस दुनिया के सारे बंधन, सारी बाधाएँ, इंसान का बनाया हुआ ही, एक छद्म मात्र हैं।

महागुरु का ज्ञान सही तो था पर काम का नहीं। ज्ञान वो है जो उसके सामने दिया जाए जिसको उसकी जरूरत है। बाकी बकैती तो पान के ठेलों पर भी खूब होती है। चवन्नी ने जीवन के बारे में काफी कुछ कहा। 'मानवीय रिश्तों' पर अपने गहरे विचार रखे। उसने यह भी कहा कि हमारा जीवन परमात्मा के नजरिए में तुच्छ है। हमें परमात्मा को अपनी नजरों से देखना चाहिए और स्वयं को परमात्मा की नजरों से। इस जीवन के सारे असमंजस अपने आप बेकार हो जाएँगे। लेकिन जब तक पिंकी जी का दफ्तर आना हुआ, चवन्नी के मुख-मंडल पर सवा सेर दही जम चुकी थी।

आज पिंकी जी अकेले नहीं आई थीं। उनके साथ जया भी थी। हल्की सी तहकीकात में सामने आया कि पिछली रात पिंकी जी जया के घर पर ही रुकी थीं। मुझे हैरानी इस बात से ज्यादा हुई कि जया ने जीवन में पहली बार, आज के दिन के लिए, छुट्टी का आवेदन लगाया। किसी ने कुछ कहा नहीं, पर दोनों के बीच 'जय-वीरू' जैसा कुछ नजर आने लगा था। न ठाकुर का पता और न ही गब्बर का, पर उनके हाव-भाव से जाहिर था कि मुझे बसंती जरूर मान लिया गया है।

"और क्या मिश्रा जी?" पिंकी जी अपने जगह पर विराजमान होते हुए बोलीं, "नींद-वींद आई या ख्यालों में ही रात निकल गई।"

जया की ओर उनकी आँखों का हल्का-सा इशारा मैंने देख लिया था। और दुर्भाग्यवश यही इशारा चवन्नी ने देखा, और जया ने भी। यह

आधा हिसाब

सुनकर चवन्नी की आँखों में सौ-वाट के बल्ब जितनी चमक आ गई। मैं असहज हो गया। जया के चेहरे पर कोई प्रतिक्रिया नहीं आई। और पिंकी जी! उनके पास डेढ़-सौ-वाट का चेहरा तो पहले से ही है।

"सुबह तो बड़ी जल्दी आ गए थे," चवन्नी एक अच्छे जूनियर जासूस की तरह अपने सीनियर को मौका-ए-वारदात की पूरी जानकारी देते हुए बोला, "और तब से छह उबासी भी ले चुके हैं।"

"अरे यार!" जया बनावटी झल्लाहट के साथ बोली, "उबासी कौन गिनता है?"

"गिनना पड़ता है जया," पिंकी जी ने जवाब दिया, "इश्क में पड़े इंसान की धड़कन भी एक लय में धड़कती है। और आशिक की उबासी पर तो पूरा-का-पूरा शोध हो जाए। बस करने वाला चाहिए। तुम तो बस देखती जाओ अभी क्या-क्या सामने आता है। अच्छा! इनको फोन तो लगाओ जरा।"

"क्यों?" चवन्नी ने पूछा। अपने ही सामने बैठे इंसान को फोन लगाना अपने-आप में एक क्रांतिकारी ख्याल है। और इस क्रांति का कारण हम सब जानना चाह रहे थे।

"चवन्नी जी, ऐसा है..." पिंकी जी ऐसे नाटकीय अंदाज में कहने लगीं जैसे उनकी आवाज ही इस दुनिया का आखिरी सत्य हो, "इश्क में पड़ा इंसान सबसे पहले कॉलरट्यून बदलता है।"

चवन्नी को समझ तो नहीं आया होगा, पर वो हँसने लगा। कर्मचारी जीवन की यही विडंबना है। बॉस की मसखरी कितनी भी बेकार क्यों न हो, हँसना पड़ता है।

"सब के सब पागल हैं," जया ने कहा।

"चाय चढ़ा दूँ?" चवन्नी ने अचानक वो सवाल किया जो उसे दो मिनट पहले ही कर लेना चाहिए था। समय पर तो खैर चवन्नी की दाढ़ी भी नहीं आई, उसका सवाल कहाँ से आता।

"जया की चाय फीकी," मेरे मुँह से अनायास ही निकल गया।

इजाजत के इंतजार में चवन्नी जया की ओर देखने लगा। जया ने सिर हिला कर 'हाँ' कहा और मुस्कुराते हुए आँखें नीची कर ली।

दुनिया-भर की बातें एक तरफ और मेरी बात पर जया का मुस्कुराना एक तरफ। दो पल को मेरा मन वापस उसी बचपन में चला गया। वहाँ! जहाँ हम दोनों के बीच समझदारी अभी आई नहीं थी। जया आज कुछ खुश-सी दिख रही थी। या कहूँ, पहले-सी। बचपन की एक-एक बात आँखों के सामने आ कर ओझल हो गई। तब, जब मेरे चोटी खींचने पर वो चिढ़ जाया करती थी। तब, जब वो जान-बूझ कर मेरी चाय ज्यादा मीठी बनाया करती थी। तब, जब वो मुझसे रूठा करती थी, मेरे मना लेने के इंतजार में।

चवन्नी के जाते ही काम की बातें शुरू हो गईं।

बेशक।

हम तीनों ने फाइलों को वापस वहीं से खंगालना शुरू किया, जहाँ पर पिछली रात बात रोक दी गई थी।

"इन कागजों में सबूत जैसा तो कुछ मिलने से रहा," जया बोली, "इतना बड़ा स्कैम बिना प्लानिंग के नहीं होता।"

"बात तो सही है," मैंने कहा, "पर कुछ तो?"

"कुछ तो अब क्या ही मिलेगा?" जया के जवाब में सवाल आया, "ब्रांच में आग लगने के बाद पुरानी बातें सिर्फ एक कहानी बन कर रह गई हैं। कागज तो कुछ बचा नहीं। और उसके बाद कंपनी वाला लोन तो

सीधा-सीधा है। हर पन्ना पलट कर देख लिया। क्या मिला? उसमें कुछ नहीं निकलेगा। हमें किसी वकील के पास जाना चाहिए।"

"कोई फायदा नहीं है," मैंने जया की बात रोक कर कहा, "श्रीवास्तव जी पहले ही यहाँ आस-पास के सभी बड़े वकीलों के पास जा चुके हैं। श्रीवास्तव जी अपने! वो आंदोलन वाले नेता। वो बता रहे थे कि इस केस को लेने के लिए कोई भी तैयार नहीं है। सब विधायक की नेतागिरी का असर है।"

"नेतागिरी या दादागिरी?"

"एक ही बात है," मैंने कहा, "सभी डरे हुए हैं।

"और उनके पास वकील को देने के लिए पैसे हों तब तो कोई निडर हो। बिना पैसों के कोई वकील अपना बुखार तक न दे, केस क्या खाक लड़ेगा?"

"तुम दोनों का हो गया हो तो मैं कुछ बोलूँ?" पिंकी जी ने ऐसे कहा जैसे उन्हें बाकी लोगों की अपेक्षा दो-चार बातें ज्यादा पता है।

हम दोनों उनकी ओर देखने लगे।

"मेरी बात हुई शुक्ला जी से," एक आत्मविश्वास के साथ वो बोलीं।

"हैं? बबलू शुक्ला से?" जया रोमांचित हो उठी, "कब?"

"आज ही सुबह।"

"सुबह कब?"

"जब तुम घोड़े बेच कर सो रही थी, तब।"

"और?"

"और क्या? मिलना चाह रहे हैं। दिल्ली गए हैं किसी काम से। अगले हफ्ते वापस आएँगे। मैंने बोल दिया है यहाँ आने को। और चिंता की कोई बात नहीं है। इस केस में वो हमारे साथ ही हैं। बस वो काम मिला तो ले लिया। विधायक कोई फूफा नहीं है उनका। एक बार वैसे ही कोर्ट-कचहरी के चक्कर में पड़ चुके हैं। अब बस सीधा-सीधा काम करते हैं। उनको फ्रॉड के बारे में नहीं पता था। बता रहे थे एक वकील हैं उनकी पहचान के। उनको भी साथ ले आएँगे।"

"फिर तो एक काम करेंगे," जया बीच में बोली, "श्रीवास्तव जी को भी बुला लेंगे। वो भी मिल लेंगे विधायक के बिल्डर से।"

सभी सहमत हुए।

*** *** ***

दफ्तर के बरामदे का भरपूर उपयोग सर्दी की शामों में ही होता है। ठंड कितनी भी हो, सिगड़ी में सुलगती आग 'शाम' को 'रात' होने से रोक लेती है। कर्मचारी अपने-अपने घरों का रुख करने लगे थे। कुछ थे जो हमारे साथ अलाव का आनंद लेने के लिए रुक गए थे। लोग एक-दूसरे का मजाक उड़ा रहे थे। गप-शप चल रही थी। बीच-बीच में चाय आ जाती थी। और चाहिए क्या जीने को?

कुछ देर ऐसे ही सब कुछ मंद-मंद सा चला। फिर एक पल में अचानक सब बदल गया। यह मेरे जीवनकाल का वो ऐतिहासिक क्षण था जब मैंने पहली बार बबलू शुक्ला को देखा था। कहते हैं कि इस दुनिया में सादगी से बड़ी कोई खूबसूरती नहीं है। पहली नजर में ही मैं समझ गया कि शुक्ला जी बहुत सादे इंसान हैं। इतने सादे कि इन बेकार की बातों को दूर से ही 'नमस्ते' कर देते हैं। काली बुलट, काला कुर्ता, गले में सोने की चेन और आँखों पर काला चश्मा। क्या मतलब कि धूप नहीं है? टशन करारा चाहिए तो चश्मा पहनना पड़ता है भाई।

आधा हिसाब

शुक्ला जी अकेले नहीं थे। हम सभी ने अंदाजा लगाया कि उनके पीछे जो महाशय काला कोट और लाल हेलमेट पहने बैठे थे, निर्विवाद रूप से वकील साहब ही होंगे।

छोटे शहरों में पुलिस के अलावा फैशन भी लेट आता है। लेकिन एक बार आ जाए, तो लोग इतना प्यार दे देते हैं कि कभी वापस नहीं जा पाता। ध्यान से देखें तो चार-छह छरहरे लड़के आज भी दीवार फिल्म में बच्चन साहब वाली हेयर-स्टाइल लिए मिल जाएँगे। और वो 'तेरे नाम' फिल्म वाला हेयर स्टाइल, अलग दर्द है भाई साहब। फैशन पर इस बेकार टिप्पणी का श्रेय वकील साहब को जाता है। न वो मेरे सामने आते, न लालटेन नगर में गिरे फैशन के स्तर पर मेरा ध्यान जाता। खैर, होनी को कौन टाल सकता है?

मेहमानों के लिए अलाव के सबसे नजदीक वाली कुर्सियाँ खाली की गईं। कहानी में जिनकी कोई भूमिका नहीं है, उनमें से दो लोग स्वतः उठ कर पीछे चले गए। पिंकी जी खुश थीं या घबराई हुई, समझ नहीं आ रहा था। बस उनके चेहरे पर एक अजीब सा भाव था जो आज से पहले मैंने कभी नहीं देखा था। उतावलापन, बेचैनी, खुशी, झिझक, सवाल, सारी भावनाएँ जैसे एक साथ एक चेहरे पर आ रुकी हों। शुक्ला जी काफी खुश थे। पिंकी जी की यह हालत देख कर जया के दाँत खुशी के मारे बाहर आने लगे थे। मैं अभी तक तय नहीं कर पाया था कि कैसी प्रतिक्रिया दी जाए।

पिंकी जी ने लगभग बुलंद और थोड़ी झिझक भरी आवाज में शुक्ला जी से हम सभी का परिचय करवाया। शुक्ला जी भरतपुर में प्राइवेट कॉन्ट्रैक्टर हैं। अब कॉन्ट्रैक्टर क्या, सीधी-सीधी भाषा में कहें तो ठेकेदारी का धंधा है। शुक्ला जी जब दसवीं में दूसरी बार फेल हुए, बस तब से ही पढ़ाई को जीवन से दफा कर दिया। दुनिया उनको दसवीं फेल कहती है, और वो खुद को नौवीं पास। अब तो सालों हो गए ठेकेदारी में। शुरुआत शौचालय बनाने जैसे छोटे-छोटे कामों से

की थी। अब सरकारी टेंडर भी लेने लगे हैं। विधायक जी के कई काम कर चुके हैं।

"बस दूसरों की दुआओं ने ही पहुँचाया है जहाँ हैं," शुक्ला जी मुस्कुराते हुए बोले, "और अपनों के प्यार ने।"

इसी बीच उन्होंने पिंकी जी को देखने का समय भी निकाल लिया।

"और ये हैं हमारे वकील साहब," वकील साहब का परिचय देने की चाहत में शुक्ला जी बोले।

"माय सेल्फ राज," सबको एक नजर देखकर वकील साहब ने बीच में ही कहा।

अचानक सबके दिमाग में सरसों के चटक पीले खेत आ गए। लोगों की मानें तो उस एक पल में पीछे से गिटार की आवाज आ रही थी।

"अरे नहीं! वो नहीं, 'दिलवाले दुल्हनिया ले जाएँगे' में कोई और था," शुक्ला जी सबके यहाँ-वहाँ उड़ते ख्यालों को पकड़ कर वापस लेकर आए, "बस लुक्स मिलते हैं, इसलिए कनफ्युजन हो जाता है। वैसे दिलवाले ये भी कम नहीं हैं।"

इस प्रकथन के साथ ही वकील साहब ने सरसों के तेल से सने अपने बालों को करीने से सँवारा। उनके आधे होटों पर आई मुस्कान ने स्पष्ट कर दिया कि बात तो सही है, 'दिलवाले दुल्हनिया ले जाएँगे' में कोई और ही था। बहुत देर के बाद पिंकी जी के चेहरे से तनाव हटा। हम सब भी जोर-जोर से हँसने लगे।

आधे-एक घंटे तो काम की बातों का माहौल ही नहीं बना। एजेंसी की बातों से होते हुए, प्यार-मोहब्बत की बातों तक बात गई।

"मोहब्बत अक्ल की दाढ़ आने जैसा होता है," चवन्नी ने ज्ञान का बघार लगाया, "दर्द बहुत होता है और अक्ल भी आ जाती है।"

आधा हिसाब

"इतना भारी दर्शन!" मैंने कहा, "लगता है भाई को अपने पहले प्यार चंपा की याद आ गई।"

चवन्नी का जवाब शायराना अंदाज में आया, "किसी के इंतजार ने हर सजा फीकी कर रखी है, कमबख्त मौत भी तो नहीं आती।"

"अब तो समझ नहीं आ रहा कि इस सिगड़ी में आग ज्यादा सुलग रही है या चवन्नी का दिल," शुक्ला जी मसखरी करते हुए बोले।

हँसी का एक दौर और शुरू हुआ, जो काफी देर तक चलता रहा।

हवाएँ काफी सर्द हो गई थीं। कुछ देर बाद श्रीवास्तव जी भी आ गए।

श्रीवास्तव जी पार्ट-टाइम नेता थे। उनको शागिर्दों का चौबीस घंटे वाला साथ प्राप्त नहीं था। दिन-रात वाला हुजूम तो फुल-टाइम नेताओं के साथ रहता है। वो भी उनके, जो जनता से कोई सरोकार नहीं रखते। भरी सर्दी में, रात नौ बजे, पार्ट-टाइम नेता जहाँ भी जाते हैं, अक्सर अकेले ही जाते हैं। श्रीवास्तव जी को तो जनता का भी ख्याल था। लाजमी है अकेला होना।

काम की बात शुरू होते-होते, वो सभी लोग जा चुके थे जिनका एक मात्र योगदान भीड़ बढ़ाना था।

"अच्छा लग रहा है आंदोलन में इतने लोगों को साथ देख कर," एक नजर सभी को देख कर श्रीवास्तव जी बोले, "वर्ना हमको तो बस ठोकर खाने की ही आदत है।

नेता जी की बातें सुन कर या तो हम सब भावुक हो सकते थे, या फिर कुछ कर गुजरने के लिए प्रोत्साहित। इस विषय पर अलग से कोई व्यवस्थित चर्चा तो नहीं हुई, पर गहराती हुई रात और बाहर चल रही शीत लहर के प्रभाव में सब ने स्वतः ही मान लिया कि आज की रात बस भावुक हो लेते हैं। प्रोत्साहन का क्या करना है, अगले दिन समझेंगे।

"मीडिया समाज का स्तंभ है," भावुक होकर पिंकी जी ने कहा, "समाज में जब भी कहीं शोषण होगा, कमजोरों का उत्पीड़न होगा, मीडिया को 'सच' लेकर दुनिया के सामने आना ही होगा। नहीं तो पीड़ित के न्याय की कहानी कभी पूरी नहीं होगी। आपको इस लड़ाई में कभी अकेले होना ही नहीं चाहिए था।"

"खैर अब जो हो गया, उसका क्या गम करें," शुक्ला जी बीच में ही बोले। सभी उनको देखने लगे। "देर आए, पर आए तो सही।"

"सही कहा," श्रीवास्तव जी सहमत हुए।

नाम मात्र ही सही पर उनकी सहमती में नजर आ रही हल्की सी झिझक, चीख-चीख कर पूछ रही थी कि है कौन ये आदमी?

"ये शुक्ला जी हैं," मैंने कहा, "भास्कर शुक्ला। विधायक की कंपनी में फैक्ट्री के निर्माण का ठेका इनके पास ही है।"

नाम-मात्र की जो हल्की सी झिझक श्रीवास्तव जी के अंदर थी, वो अचानक 'संदेह' और 'सवाल' में बदल गई। उनके मन में यह सवाल बेशक आया होगा कि विरोधी खेमे के लोग यहाँ क्या कर रहे हैं।

"पिंकी जी के दोस्त हैं," जया बोली, "बहुत पुराने। हम लोगों ने सोचा केस में कहीं कुछ मदद कर पाएँ तो अच्छा रहेगा। वकील साहब को यही साथ लाए हैं।"

सबके चेहरे पर छाई सहजता को एक नजर देखने के बाद, श्रीवास्तव जी की झिझक वापस नाम-मात्र की हो गई।

"फैक्ट्री के लगभग एक एकड़ के हिस्से में पक्की नींव डलेगी," बबलू शुक्ला ने काम की बात शुरू की, "खुदाई हो चुकी है। सात महीने का टारगेट है। कोई दिक्कत नहीं आई तो सत्रह महीने में काम पूरा हो जाएगा। पर अंदर की बात कहूँ तो यहाँ कोई फैक्ट्री नहीं बनने

वाली। बस बाहर की दीवार फैक्ट्री जैसी होगी। अंदर पूरा इंतजाम तो भइया फार्म हाउस वाला है।"

"मतलब?"

"मतलब ये कि यहाँ सब गोल-माल है," वकील साहब समझाने लगे, "बस गेट तक फैक्ट्री, अंदर फार्म हाउस। 'विकास एग्रो प्राइवेट लिमिटेड' तो बस विधायक जी के काले धन को गोरा करेगा। चेहरे पर 'फेयर-एंड-लवली' लगता है और नोटों पर 'फर्जी धंधा'। उसके बाद दोनों चमा-चम। फैक्ट्री में काम-धाम कुछ नहीं होगा, बस नाम रहेगा। अरे ये तो काफी पुराना तरीका है। भ्रष्ट तरीके से कमाए गए पैसे को कोई-न-कोई नाम तो देना पड़ेगा? कह दो की सारा पैसा कंपनी ने कमाया है। उसके बाद बिक्री के कट्टे ही तो फाड़ने हैं। एक आदमी दिन भर बैठे-बैठे करता रहेगा हिसाब-किताब।"

"पर फिर तो विधायक जी की गाढ़ी कमाई पर टैक्स लग जाएगा?" जया का सवाल आया।

"देवीजी एक-से-एक धुरंधर बैठे हैं टैक्स बचाने के लिए," वकील साहब ने जवाब दिया, "और टैक्स के नाम पर नाम-मात्र का चढ़ावा देश को चला भी गया तो क्या गम? पैसा 'गैर-कानूनी' से 'कानूनी' तो हुआ।"

"हाँ! हाँ! राजनीति में बहुत होता है," नेता जी बोले।

सबकी नजर एक साथ उन पर जा टिकी। मानो सब सवाल कर रहे हों, 'आपको बड़ा पता है इसके बारे में?'

नेता जी सबका सवाल भाँप कर आगे बोले, "बस शादी नहीं की भाई। बारात में तो खूब गए हैं।"

हँसी का एक और दौर शुरू हुआ, जो काफी देर तक चला।

धीरे-धीरे सभी एक-दूसरे से सहज होने लगे। जिस काम के लिए यह मीटिंग की जा रही थी, उसकी सफलता के लिए यह जरूरी भी था। कुछ वक्त काम की बातों में, तो कुछ हँसी-ठहाकों में निकलने लगा।

"सबसे पहले तो फैक्ट्री निर्माण पर कोर्ट से स्टे लेना होगा," वकील साहब कहने लगे। उनकी योजना तैयार थी। लग रहा था कि वो होम-वर्क कर के आए है।

"वैसे शुक्ला जी काम की रफ्तार पहले ही कम कर देंगे," वो आगे बोले, "पर औपचारिक स्टे तो लेना ही पड़ेगा। स्टे किसी और को मिलता तो काम रुक भी जाता। विधायक जी का काम जोर जबरदस्ती से भी चलेगा। पुलिस तो उनको रोकने से रही। उसके लिए श्रीवास्तव जी किसानों को लेकर आएँगे, और वहाँ शुरू होगा असली प्रदर्शन। विधायक जी के दबाव में आकर पुलिस स्टे के विरुद्ध भले न जाए, कम-से-कम उनकी तरफ से किसानों पर चार्ज तो नहीं करेगी। इसी बीच हम एक और केस फाइल करेंगे, बैंक के खिलाफ। इस केस में हम बैंक की कार्यवाही और ऋण प्रणाली पर सवाल उठाएँगे। हम यह साबित करने की कोशिश करेंगे कि बैंक द्वारा किसानों को उनकी जानकारी के बिना ऋण देना अपने-आप में ही गैर कानूनी है। इससे जमीनों का नीलाम किए जाने का करार शून्य साबित हो जाएगा। मेरी पेशेवर सलाह यह है कि हम सीधे 'मुद्दे की शुरुआत' पर चोट करें। अगर यह साबित हो गया कि किसानों से जमीन अवैध रूप में गिरवी रखवाई गई थी, ऋण अनुबंध स्वतः ही अप्रवर्तनीय मान लिया जाएगा।"

"अप्रवर्तनीय मतलब?" पूछना सब चाहते थे, पर पूछने की हिम्मत सिर्फ चवन्नी कर सका।

"मतलब बेकार," वकील साहब समझाने लगे, "जिसको वैध तरीके से लागू न किया जा सके। अगर हम ऋण की प्रक्रिया में किसानों के विरुद्ध धोखाधड़ी साबित कर पाते हैं तो समझ लो अपना काम खत्म। फिर तो न कभी कोई लोन रहा, न कोई जमीन गिरवी रही। न बैंक के

पास नीलामी का हक था। और न ही कंपनी द्वारा जमीन खरीदना 'कानूनी'।"

उस वक्त कौन कितना समझ पाया कोई नहीं जानता। पर 'हाँ' में सिर सबके बराबर हिले थे।

"पर ऋण को गैर कानूनी कैसे साबित करेंगे?" जया का सवाल आया।

"वो तो अभी किसी को नहीं पता। अभी हम तो बस थोड़ा समय चाहते हैं। एक बार काम तो रुके। सोच लेंगे कुछ। क्या पता तब तक कोई सबूत मिल जाए। या कोई पुराना गवाह। भगवान का आशीर्वाद रहा तो सब हो जाएगा।"

जिसका दिमाग ज्यादा नहीं चलता, योजना में दूसरों के विचारों से सहमत हो जाना उसका सबसे बड़ा योगदान होता है। किसी ने कुछ और कहा हो या नहीं, कम-से-कम इतना योगदान सबने दिया।

*** *** ***

लोग एक-एक कर जाने लगे। रात बहुत हो चुकी थी। अब सिर्फ पिंकी जी, जया, शुक्ला जी और उनके साथ आए वकील साहब रह गए थे। चवन्नी और मैंने सभी के खाने का प्रबंध दफ्तर में ही किया। मीठा पान रह गया बस, बाकी सब आनंद-मंगल रहा।

"चलना चाहिए," खाने के बाद वकील साहब शुक्ला जी को देख कर बोले।

शुक्ला जी का मन मर गया। वो पिंकी जी को ऐसे देखने लगे जैसे अभी कितनी बातें बाकी हैं कहने को। कितना कुछ सुनना रह गया है अभी। आज वो दोनों सालों बाद मिले थे। लेकिन परिस्थितियाँ ऐसी थीं कि दो पल को एक-दूसरे से बात भी न कर सके। अगर यह किसी फिल्म की कहानी होती तो पृष्ठभूमि में 'आज जाने की जिद ना करो'

चलना लाजमी हो जाता। वो कसक उन दोनों के चेहरे पर साफ नजर आ रही थी। 'समय' कीमती है, पर उससे ज्यादा कीमती है 'साथ'।

"क्यों ढलाई करने जाना है क्या?" जया मसखरी करते हुए बोली।

शुक्ला जी ने मुस्कुराकर मना किया।

"तो फिर क्या हड़बड़ी है? बैठिए आराम से। बातें-वातें कीजिए। मैडम कहेंगी तभी रुकेंगे क्या?"

शुक्ला जी झेंप गए। ध्यान रहे कि ये झेंपना-वेंपना उनकी शख्सियत का हिस्सा नहीं है। यह तो पिंकी जी की मौजूदगी का असर था जिसने बबलू का 'बबलुत्व' कम कर दिया।

"अरे नहीं नहीं!" वो बोले, "वकील साहब को घर छोड़ना है।"

"रुक जाइए यहीं। सुबह निकल जाइएगा," पिंकी जी ने संजीदा लहजे में कहा।

उनकी आवाज में एक अधिकार था जो सबने महसूस किया। बस फिर क्या था? शुक्ला जी रुक गए।

*** *** ***

हम सब के लिए उस रात की अलग अहमियत थी। चवत्री मेरे घर से शुक्ला जी की बुलेट पर गद्दे और कम्बल बाँध लाया। एक पंक्ति में सारे गद्दे बिछाए गए। हॉल में ही सबके सोने के व्यवस्था हो गई। ऐसा लग रहा था जैसे किसी बारात का जनमास पड़ा हो। दुःख तो चवत्री और वकील साहब का था। बेचारों को एक ही कम्बल में सोना पड़ा। रात भर कितनी खींचा-तानी हुई, यह तो वो दोनों ही बता सकते हैं।

कुछ देर बाद मुझे नींद आ गई। और उस नींद में आया एक ख्वाब।

आधा हिसाब

चाँदनी रात में पसरे सन्नाटे के बीच, एक सुन-सान छत पर दो लोग टहल रहे हैं। कुछ देर वो बातें करते हैं, फिर कुछ देर चुप होकर किसी सोच में डूब जाते हैं। दूर टिम-टिमाते रोड-लाइट की रोशनी छत के एक कोने तक पहुँच रही है। जब-जब वो टहलते हुए उस कोने पर पहुँचते हैं, पीछे उनकी विशालकाय परछाई पूरे शहर को ढँक लेती है। वो किसी शहर के बीच हैं, पर इस दुनिया से बहुत दूर। उनकी बातें सुनाई नहीं दे रही। वो शायद एक कविता पढ़ रहा है। वो शायद मुस्कुरा रही है। उसने शायद कोई मज़ाक किया। वो शायद खिल-खिला कर हँस पड़ी। न समय की कोई सीमा है, न कहीं पहुँचने की कोई होड़। एक तस्वीर की तरह आस-पास सब कुछ रुका हुआ है। पर वो दोनों साथ-साथ चल रहे हैं। उन दोनों के पीछे-पीछे उनकी परछाई भी चल रही है। दोनों एक-दुसरे से बेशक थोड़े दूर हैं, पर उन परछाईयों में कोई फासला नहीं है। ये प्रतिबिम्ब शायद उनके प्रेम के परिचायक हैं।

छत का दरवाजा बंद हुआ। उसकी आवाज से मेरी नींद खुल गई। पर मैं लेटा रहा। बबलू शुक्ला और पिंकी जी आकर अपनी-अपनी जगह पर लेट गए। दोनों की नींद आज अधूरी रहेगी। पर एक ख्वाब है, जो शायद पूरा हो गया।

13. जया और मैं

योजनाबद्ध तरीके से अगले दिन का कार्यक्रम शुरू हुआ। हर किसी को उसकी योग्यता और व्यक्तिगत परिस्थितियों के अनुसार कार्य दे दिया गया।

वकील साहब कोर्ट से स्टे लेने की तैयारी में लग गए। बबलू शुक्ला अपनी ही साइट पर टाल-मटोल करने पहुँच गए। चवन्नी साप्ताहिक हाट से सब्जी लेने चला गया। और श्रीवास्तव जी कार्यकर्ताओं को जगाने का काम लेकर चले गए। उन्हें पूरा अंदाजा था कि स्टे लगने के साथ ही फैक्ट्री पर धरना देना आसान नहीं होगा। उन्हें कार्यकर्ताओं के साथ-साथ किसानों के साथ की भी जरूरत होगी।

पिंकी जी की जबरदस्ती पर मुझे और जया को एक ही काम थमाया गया। मुझे हैरानी इस बात से हुई कि इस पर जया ने कोई आनाकानी नहीं की। बचपन में मास्टर साहब भी इतने दयावान होते कि लड़के-लड़कियों को एक ही प्रोजेक्ट में रखते, तो शुक्ला जी जैसे लोग आज तक कुँवारे नहीं होते।

मेरी बात अलग है।

एक तरह से देखें तो हम दोनों को डिटेक्टिव बना दिया गया था। हमारा काम यह था कि ऋण संबंधी कोई भी जानकारी, कोई भी कागज या कोई भी इंसान, जो इस केस में मदद कर पाए, उसे ढूँढ

कर निकलना है। केस पुराना हो चूका था, इसलिए तहकीकात जरुरी थी। कहना गलत नहीं होगा कि केस जीतने का मुख्य भार हम दोनों पर ही था।

जितना मैं समझ पा रहा हूँ, काम बाँटने के अलावा, पिंकी जी के हिस्से और कोई काम नहीं आया। सवाल सबके मन में था, पर उठाने की हिम्मत हो तो मतलब है। मन में रखे रह गए सवालों के जवाब कभी नहीं आते।

देखने लायक बात यह है कि पिछले चार महीने में आदमी मालिक से मुलाजिम और मुलाजिम से जासूस बन गया, और किसी ने ध्यान भी नहीं दिया। मैं अपनी बात कर रहा हूँ। इतना चरित्र विकास तो प्रेमचंद के नायक का तीन सौ पन्ने में नहीं हो पाता, जितना मेरे साथ चार महीने में हो गया।

"पहले किसी किसान से मिल लें?" जया बोली, "ऐसा कोई जिसने सब कुछ अपनी आँखों से देखा हो। क्या पता हम लोगों से कुछ छूट रहा हो।"

"हाँ! ये ठीक रहेगा," मैं उसकी सलाह से सहमत हुआ।

विशेषज्ञों का मानना है कि जया की बातों पर मेरी सहमती किसी तर्क-वितर्क के बंधन के परे है। यह एक विशेष अवस्था है जो अक्सर एक-तरफा आशिकों में देखने मिलती है। इस तथाकथित सिद्धांत को मैंने स्वीकार तो नहीं किया, पर किसी ठोस प्रमाण के अभाव में, इनकार भी नहीं कर रहा।

मेरे पूरे दो दिन जया के साथ बीते। पिंकी जी ने जिस उद्देश्य से हम दोनों को साथ काम दिया था, वह कितना सफल रहा, यह नहीं कहा जा सकता। ऐसा लगा जैसे सरकार का पाँच साल का कार्यकाल पूरा हो गया पर समझ नहीं आया कि 'अच्छे दिन' आए या नहीं।

खैर, ये परिचर्चा किसी न्यूज चैनल में होने वाली बहस के लिए रहने देते हैं। या फिर किसी पान दुकान पर बोझिल शामों में मनोरंजन के लिए।

हम दोनों गाँव-गाँव घूमते रहे। लोगों से पूछते-बताते, लगभग हर तरह की बातें हुईं। कहीं किसी ने वापस राधे सुंदर अग्रवाल और बैंक मैनेजर के कारनामे सुनाए, तो कहीं कोई खेत खोने का दुख लेकर रोने बैठ गया। कहीं कोई चाचा चाय पर दारू की चर्चा करने लगे, तो कहीं कोई काका, कान में, काकी की बुराई करने लगे।

'दुनिया बहुत आसान है। लोगों ने उसे मुश्किल बना रखा है। चार दिन की जिंदगी में चार चीजों की जरूरत है। कहाँ बेहिसाब दौड़-भाग में लगे हैं सब?'

कुछ इस तरह की बातों से चबूतरे पर चाचाओं का दर्शनशास्त्र शुरू होता है। जब घर के अंदर से चाचियों की गाली सुनाई पड़ती है, पहले 'शास्त्र' गायब होता है, उसके बाद 'दर्शन'।

आम के पेड़ की छाँव में, भरी दोपहरी, खाट पर लेटे हुए, दम भर हुक्का खींचते, जब कोई 'चाचा' कुछ बोलते हैं ना, यूरोप के एक-से-एक धुरंधर दार्शनिक कागज-कलम लेकर नोट्स बनाने आ जाते हैं।

इन दो दिनों में काम का अनुमान न ही लगाया जाए तो अच्छा। पर हम दोनों भरतपुर और लालटेन नगर में जितना घूमे, गाँव के उतने करीब आ गए। इतने सारे किसानों से मिलना भी एक अलग अनुभव रहा।

"जाने किसके लोटे से पानी पीकर दिमाग फिर गया और सब्सिडी के चक्कर में आ गया। जमीन के साथ जवानी भी चली गई," हुक्का खींचते हुए एक चाचा बोले।

जिस घटना ने कथित तौर पर उनकी जवानी छीन ली, उसको घटे अभी ठीक से पाँच साल भी नहीं हुए। पर कौन हिसाब लगा रहा है?

आधा हिसाब

बकैती के नशे में चाचा को ध्यान ही नहीं रहा कि तब भी उनके बाल इतने ही पके थे।

जया मुझे देख कर मुस्कुराई। उसने मन में शायद पाँच साल वाला हिसाब लगाया होगा। मैं भी चाचा की हाँ-में-हाँ मिला कर मुस्कुराने लगा।

बीते कुछ सालों में, जया और मेरे बीच बहुत कुछ बदल चुका था। हम बचपन की गलियों से निकल कर अब प्रौढ़ता के हाईवे पर आ गए थे। लेकिन इस बीच हमारे बीच जो दूरी आ गई थी, वो इन दो दिनों में बहुत हद तक धूमिल हो गई।

हमारी गाड़ी घूम-फिर कर बिसेसर नाम के किसान के घर पहुँची। अब तक हमें कहानियों के अलावा और कुछ भी नहीं मिला था। यहाँ भी इससे ज्यादा कुछ मिलने की उम्मीद नहीं थी। पर हमारी कोशिश जारी थी।

साफ-सुथरा बरामदा और बरामदे से लगा हुआ बैठक। चार-बाई-छह की एक ऊँची चौकी पर मोटी टाट बिछी हुई थी। घर के इस हिस्से पर पक्की दीवारें थी। इसके पीछे के सारे कमरे कच्चे मालूम होते थे। चौकी के पास रखी कुर्सी जया को दी गई। मैं चाचा के साथ चौकी पर ही बैठ गया।

गाँव वालों को इस तरह के मेहमानों की आदत है। कभी सर्वेक्षण विभाग से कोई आ जाता है, तो कभी कोई स्वयं सहायता समूह में जुड़ने का फायदा गिनाने। इन्हें तो बस इतना पता है कि अगर दरवाजे पर कोई श्रीमान प्रेस की हुई शर्ट-पैंट पहने, या कोई चश्मे वाली मोहतरमा कंधे पर हिरोइनों जैसे बैग टाँग कर आ जाए तो उन्हें इज्जत के साथ बैठक में बैठाना है। स्पष्ट रूप से मना न करें तो चाय पिलाना है। उनकी बातें सुन कर 'हाँ' में सिर हिलाना है। और जब बात खत्म हो जाए तो 'जय राम जी की' बोल कर विदा करना है। बीच में मौका लगा तो दुखड़े सुना कर ये लोग अपना गम बाँट लेते

हैं। यह अलग बात है कि गम सिर्फ बँट जाता है, कभी कम नहीं होता।

"का हो बिसेसर चाचा," दरवाजे पर दस्तक हुई।

"हाँ प्रहलाद! बाहर काहे मिमिया रहे हो?" बुलंद आवाज में चाचा बोले, "भीतर आओ।"

दस की गिनती खत्म होने के पहले प्रहलाद नाम का व्यक्ति हम सब के सामने आ गया। ऊँची कद-काठी। कोई चालीस-पैंतालिस साल का व्यक्ति रहा होगा। सफेद कपड़े, बड़ी मूँछे, हाथ में एक मोटा लठ और चेहरे पर साफ झलकता रूढ़िवाद। माथे पर तने भाव, स्पष्ट रूप से बता रहे थे कि सामान्यतः वो खुद को उतना ही श्रेष्ठ समझता है जितना थर्ड ए.सी. के यात्री अपने-आप को स्लीपर वालों से। इसके अलावा व्यक्तित्व बिलकुल साधारण। इतना साधारण कि उसका पसंदीदा खाना अगर खिचड़ी हो, तो भी कोई बड़ी बात नहीं।

"का हुआ बबुआ," चाची ने सवाल किया।

कमरे के कोने में गेहूँ की कुछ बोरियाँ रखी थीं। जगह देखकर प्रहलाद सबसे आगे वाली बोरी पर बैठ गया।

"अब का बताएँ चाची?" प्रहलाद प्रलाप शुरू हुआ, "सब की मती मारी गई है। एक लड़का है वो भी पगला गया है।"

"अरे! हुआ का?"

"लड़की पसंद कर के बैठा है। नीच जात की। कह रहा है उसी से ब्याह करेगा।"

"अरे राम!" चाची को सदमा-सा लगा, "अपना शुभमना ऐसा थोड़ी है। इतना सुशील लड़का, करेजा सबका, मंतर-वंतर मारा होगा कोई। नहीं बबुआ! हम मान ही नहीं सकते।"

आधा हिसाब

"अब तो भगवान ही मालिक है? हमारा तो सब-कुछ जैसे एक रात में ही खत्म हो गया। जात-बिरादरी में अब कौन मुँह लेकर जाएँगे। बुढ़ापे में चार लोगों में हमारा उठना-बैठना हराम हो जाएगा। जिसका छुआ पानी न पी सकें, उसको बहू कैसे बना लें?"

"अपने गाँव की लड़की है?" चाचा ने सवाल किया।

"इसी गाँव की है। यहीं दूसरे टोला की। हम साफ मना कर दिए। महतारी तो खाना-पानी छोड़ कर बैठ गई है। पर लड़का है कि रट लगाए बैठा है। कुछ सुन ही नहीं रहा। ज्यादा बोलें तो घर छोड़ने की धमकी देता है।"

"ज्यादा पढ़ा-लिखा दो तो लड़के-बच्चे पगला ही जाते हैं," चाची बोलीं, "हम तो कहते हैं झट-पट ब्याह करवाओ लड़के का। कल बिमला से कहे देते हैं, दो-चार रिश्ता बताए शुभम्मना के लिए। हाँ और थोड़ा पूजा-पाठ करवाओ घर में, कौन जाने किसने कौन-सा काला-जादू करवा रखा है।"

जया और मैं यह सब बातें चुप-चाप सुन रहे थे। हमने बीते पंद्रह मिनट में विवेकानंद से लेकर अम्बेडकर तक, सबको असफल होते देखा।

हमने अपने आने वाली पीढ़ी को निश्चिंतता दी है। आप निश्चिंत होकर इश्क करें। हमारे देश का सुदृण समाज, जातिवाद और वर्ण-व्यवस्था अपने-आप तय कर देगा कि आपका प्यार सच्चा है या नहीं। इन सब से लड़ गए तो आपका प्यार प्रमाणिक है।

"पर चाची एक बार शुभम से बात तो कर के देखिए," जया चुप्पी तोड़ कर बोली।

मैं और जया भूल चुके थे कि हम यहाँ केस के बारे में बात करने आए थे। बिल्कुल वैसे, जैसे दूर गाँव-कूचे के सरकारी स्कूलों के शिक्षक कभी-कभी स्कूल जाना भूल जाते हैं।

"अब उससे का बात करें हम," चाची सर्वान्तर्यामी बन कर बोलीं, "बच्चा है वो। का जाने अच्छा-बुरा। हमको पता है सब। कुछ नहीं। बस बिरादरी की एक अच्छी-सी लड़की देख कर ब्याह करवा दो, चार दिन में अपने-आप संभल जाएगा।"

"और नहीं संभला तो?" जया की आवाज स्वतः ऊँची हो गई।

"बहुतेरे देख रखे हैं ये दुनिया भर के चोंचले," चाची भिनकने लगीं, "इसक का नया रोग चल पड़ा है। सब फिलम देख-देख कर पगलाए हैं। नई पीढ़ी को घर-समाज की फिकर तो नहीं है। हमारा जमाना सभ्य था। तब लड़के-लड़की ये बेहुदा मटरगश्ती नहीं करते थे।"

चाचा को अचानक खाँसी आ गई।

चाची आगे बोली, "नीच जात में रिश्ता बना कर समाज से दुश्मनी थोड़ी लेगा प्रहलाद।"

"पर चाची, लड़की के साथ शुभम को जीवन बिताना है। समाज को थोड़ी," जया ने तर्क दिया। पर उसको शायद अंदाजा नहीं था कि चाची के चूल्हे में लकड़ियाँ कम और ऐसे छोटे-मोटे 'तर्क' ज्यादा जलते हैं।

"तो इनके इसक के चक्कर में रिश्ते-नाते भूल जाएँ का?" चाची रौब में आकर बोलीं।

"इंसान जीवन में खुश ही नहीं रहेगा तो रिश्ते-नातों का क्या अचार डालेगा?" जया की आवाज और ऊँची हो गई।

प्रहलाद और मुझे समझ नहीं आ रहा था कि यहाँ हो क्या रहा है। अब या तो आर होगा, या पार। न चाची के पुलिस बनने का कारण समझ आया, और न ही जया के वकील बनने का। कुछ तो था जो शायद दोनों के दिलों पर लगा था। न चाची चुप हो रही थीं, और न ही जया।

आधा हिसाब

इस बीच चाचा का दुख अलग था। अब गुस्से-गुस्से में शाम की चाय तो मिलने से रही।

"अचार तो कम-से-कम..."

"अभी रहने दे चाची," प्रहलाद चाची के आवेग को रोकता हुआ, बीच में बोला। चाची के मुँह से कोई बढ़िया सा डायलॉग आते-आते रह गया। "बड़े लड़के को बुलाया है शहर से। वो ही आकर समझाएगा। तू मत खून जला अपना।"

विश्व-शांति बनाए रखने के लिए मैंने भी अपनी तरफ से जया को समझाया। अपनी बातों में मैंने इस मुद्दे के व्यक्तिगत होने पर जोर दिया और अपने काम पर ध्यान देने की हिदायत दी।

अब यहाँ पर इश्क में डूबे हुए देश के तमाम युवा लड़कों के लिए एक सीख है। 'जब तक लड़की गुस्से में है, उसे उसकी गलतियों का एहसास मत दिलाओ'। शैक्षणिक शब्दावली में कहें तो, 'गर्म तवे पर पानी नहीं छिड़कना चाहिए।'

कुछ शब्दों के गलत चयन, और कुछ बेबाक अंदाज ने मिल कर, जया का गुस्सा मेरी ओर मोड़ दिया। जया मुझसे रूठ कर बाहर चली गई। मैं चुप-चाप उठकर उसके पीछे-पीछे चल दिया। रास्ते भर हमारी कोई बात नहीं हुई। मैंने सोचा तवा ठंडा हो जाए, उसके बाद पानी छिड़केंगे। मैं यह सोच कर खुद को सांत्वना देता रहा कि पिंकी जी की योजना ही खराब थी। मैंने थोड़ी कुछ किया है। क्या जरूरत थी हम दोनों को साथ रखने की? पर ऐसी सांत्वनाएँ नशे में काम आती हैं। होश में तो सब साफ-साफ दिखता है।

दिक्कतें 'इच्छा' जैसी होती हैं। एक पूरी नहीं होती कि दूसरी आ जाती हैं। 'इसका जीवन मस्त है'- यह इस दुनिया में बनाई जा सकने वाली सबसे गलत धारणा है। हर कोई अपनी लड़ाई लड़ रहा है। अपने-अपने स्तर पर सबकी समस्याएँ हैं। दुनिया में दुख अपार है,

कुछ दूसरों के द्वारा दिए हुए, जो दर्द देते हैं, और कुछ खुद के बनाए हुए, जो दर्द के साथ कसक भी देते हैं।

अब कसक भरी रात की बात, क्या ही करें?

14. शरलॉक होल्म्स

किसी-न-किसी व्यक्ति के नजरिए से, दुर्लभ से भी दुर्लभ परिस्थिति में, इस दुनिया की हर बात एक बार तो सही हो ही सकती है। लेकिन किसी रूठे हुए को मनाने की सलाह चवन्नी से लेना, गलत था, गलत है और गलत रहेगा।

एक कागज के टुकड़े पर चवन्नी ने कुछ लिख कर दिया। उसके दावे के अनुसार, जया के सामने अगर मैंने यह कह दिया तो जया का गुस्सा धुंध में धुएँ की तरह गायब हो जाएगा।

जया से बात किए चार दिन हो चुके थे। मैं इनकार कर देता, पर दूसरा रास्ता भी कहाँ था? बेबसी में लोगों ने अंधविश्वास का सहारा ले लिया, कविताएँ पढ़ना तो फिर भी दुनिया भर के प्रेमियों द्वारा प्रमाणित तरीका है।

'यूँ ही रूठना उसका,
और मेरा टूट कर मनाना,
हिस्सा है मेरी कोशिशों का,
उसे कहाँ समझ आता है।'

रास्ते भर मैं यही रटता रहा। कभी शायराना अंदाज में, तो कभी फिल्मी हीरो की तरह। कभी 'पिताओं' वाली गंभीर आवाज में, तो

कभी मासूम बच्चे की तरह। सब कुछ सही लग रहा था, और सब कुछ गलत भी। मैंने जया के घर का दरवाजा खट-खटायों।

जया ने दरवाजा खोला।

दरवाजे पर ही, एक साँस में मैंने कहा, "उसका टूटना यूँ ही, मनाना हिस्सा मेरा, कोशिशों का उसे, मेरी कहाँ समझ आता है।"

इतनी तेजी से सब-कुछ हुआ कि मुझे समझ ही नहीं आया कि मैं क्या बोल गया। पता नहीं मेरे मुँह से क्या निकला? पर जितना मैं सुन-समझ पाया सब कुछ सही लगा।

जिस बेहतरीन तरीके से मैंने शेर कहा था, अब तक तो उसे मुस्कुरा देना चाहिए था। लेकिन पता नहीं क्यों, अपनी छोटी-छोटी, तम-तमाई हुई आँखों से, वो मुझे घूरती रही। मुझे अंदाजा होने लगा कि दाव उल्टा पड़ गया है। थोड़ी देर के बाद, बिना कुछ कहे, उसी गुस्से में जया अंदर चली गई। मैं पीछे-पीछे हो लिया।

जाने कितने महीनों बाद मैं जया के घर आया था। पर आज भी कुछ नहीं बदला था। वही पर्दे, वही गुलदस्ते, वही तस्वीरें, दीवारों पर वही रंग, और सब कुछ उसी जगह पर। हमारी नजदीकियों के अलावा सब कुछ वैसा-का-वैसा ही था।

जया के करीब आकर, कागज का छोटा सा डिब्बा मैंने उसके हाथों में थमा दिया।

एक पल के लिए सब कुछ रुक-सा गया। जैसे कोई पुरानी बात, वापस नई हो गई। जैसे कोई भूली कहानी, वापस याद आ गई। आगे बढ़ कर ट्रेन उस स्टेशन पर आ रुकी, जहाँ से सफर शुरू हुआ था।

"क्या है इसमें," उसने बिना कोई भाव बदले, मुँह फुला कर कहा।

"कुछ नहीं," मैंने कहा, "रख ले। बस ऐसे ही।"

आधा हिसाब

"ऐसे ही क्या? बता नहीं तो अभी खिड़की के बाहर फेंकती हूँ।"

बीते कुछ दिनों में मुझे अगर कुछ समझ आया था तो यही कि हर चीज किस्मत पर नहीं छोड़नी चाहिए। क्योंकि उसके बाद जो होता है वो अक्सर आपको दुखी करता है।

"चूड़ियाँ हैं इसमें," मैं घबराया हुआ सा बोला, "काँच की... काली चूड़ियाँ। तुझे पसंद है ना?"

जया अगले तीन सेकंड तक भावहीन ही रही। शायद समझना चाहती हो कि इन सब का क्या मतलब है। उस पल में, जहाँ आस-पास पूरी दुनिया दौड़ रही है, अचानक सिर्फ हम दोनों ही क्यों रुके हुए हैं। वो कुछ भी न कह सकी। पर उसके होटों पर एक प्यारी सी मुस्कुराहट छा गई।

कहाँ लोग सुकून की तलाश में मीलों दूर चले जाते हैं?

प्यार को परिभाषित करना इस दुनिया की सबसे बेकार कोशिश है। किसी के ख्यालों में गुम, एक पागल सी लड़की का, एक-टक चाँद को ताकते रहना, शायद प्यार है। खुद को ढूँढने की ख्वाहिश में शहर-दर-शहर भटकते रहना, शायद प्यार है। सात साल के बच्चे को जो खिलौने से होता है, वो प्यार है। पचास साल के व्यक्ति को जो एफ.डी. से होता है, वो भी प्यार है। अपने-आप में असीमित विविधताएँ लिए, प्यार परिभाषा के परे हो गया है। इस दुनिया का हर ख्याल, भाव, समय, जगह, परिभाषा, सारी मुमकिन संज्ञाएँ, जो खूबसूरत हैं, वो प्यार है।

"मेरे पास भी कुछ है," जया मुस्कुरा कर बोली। इस मुस्कुराहट में एक प्यारा सा अभिमान था जो उसे उस पल और भी खूबसूरत बना रहा था।

'क्या?' आँखों के इशारे से मैंने सवाल किया।

जया ने एक कागज का टुकड़ा मेरे सामने रख दिया। अब हम दोनों की नजर मेज पर रखे उस अदना से टुकड़े पर थी। इश्क में पड़ा इंसान ऐसे मौके पर 'इकरार' या 'इजहार' ही ढूँढता है। पर उम्मीद अपनी जगह है, और हकीकत अपनी। गलत क्यों कहूँ? दिल के एक कोने में एक पल के लिए थोड़ा जज्बाती तो मैं भी हुआ था। पर उस कागज पर कुछ लिखा था तो बस एक अनजान 'पता'।

नाम अजीब था और लिखावट वाहियात। केरल के वायनाड जिले में किसी जगह का जिक्र था।

"केरल में क्या है?"

"क्या नहीं! कौन है?"

"कौन है?"

"योगीनाथ त्रिवेदी," जया ने ऐसे कहा जैसे यह नाम इस ब्रम्हांड में आज तक पूछे गए हर सवाल का जवाब हो।

कुछ भूली-बिसरी बातें याद करें तो याद आता है एक गबन। उस गबन को अंजाम देने वाले कुछ लोग। और उन लोगों में सबसे अव्यक्त व्यक्ति, तत्कालीन ब्रांच मैनेजर, योगीनाथ त्रिवेदी। जनाब गबन के कुछ दिन बाद ही रिटायर हुए, और फिर किसी को दिखाई नहीं दिए। उनके नाम का पी.एफ. एकाउंट उनके धरती से गायब होने के एक दिन पहले खाली हुआ था। पैसे तीन-चार अलग-अलग निष्क्रिय खातों में गए, और वहाँ से नकद बाहर। इसके अलावा गबन के करोड़ों रुपए अलग रहे होंगे। किसी को कोई खबर नहीं कि उसके बाद उनका क्या हुआ।

मुझे अविश्वास, आश्चर्य और संदेह एक साथ हुआ। पर चेहरे पर बिना कोई भाव बदले मैंने कहा, "कहाँ गंगा, कहाँ पेरियार? योगीनाथ त्रिवेदी का केरल से क्या लेना देना? ये नाम पान चबा कर दीवार पर

थूकने वाले इंसान का लगता है, धोती पहन कर इडली खाने वाले का नहीं।"

"यही तो खेल हुआ," जया बोली।

उसकी आँखों में चमक आ गई थी। बड़े-से-बड़े केस को सुलझाते वक्त भी व्योमकेश बक्शी की आँखें शायद ही कभी इतना चमकी होंगी।

"मतलब?"

"जिनको दूर जाना होता है वो तो वैसे भी सीधे विदेश जाते हैं," जया ने समझाना शुरू किया, "सबको लगा बैंक मैनेजर गबन के बाद अपने घर बनारस के आस-पास ही कहीं गए होंगे। पर बैंक के रिकॉर्ड में जो पता था वहाँ कोई नहीं मिला। औपचारिक तौर पर कोई नहीं जानता वो कहाँ गए। कल मैं ऐसे ही बैठे-बैठे सोच रही थी कि कोई एक दिन अचानक कैसे गायब हो सकता है? कोई तो होगा जो जानता होगा।"

"फिर?"

"फिर उस समय आस-पास के ब्रांच और रीजन से रिटायर हुए लोगों पर मेरा ध्यान गया। मैंने कर्मचारी डेटाबेस देखना शुरू किया। एक से दो, दो से तीन, तीन से चार, और कुछ देर बाद मेरी नजर पड़ी एक कैशियर की फाइल पर। एस. रामानंद। इसी ब्रांच में कार्यरत था। उसने मैनेजर के रिटायर होने के कुछ महीने पहले एक बहुत दूर की ब्रांच में अपना ट्रान्सफर करवा लिया। उसके बाद गबन के दो महीने पहले वी.आर.एस. लेकर घर चला गया।"

मुझे कहानी कुछ-कुछ समझ आने लगी। मैंने पूछा, "करीबी थे क्या दोनों?"

"करीबी? कॉलेज के दिनों के यार थे। अब समझ लो कितना करीबी। दोनों की भर्ती एक ही बैच में हुई थी। योगीनाथ आंतरिक परीक्षाएँ दे कर मैनेजर हो गए। उसके बाद आंतरिक राजनीति खेल कर दोस्त को अपने पास बुला लिया। ऊपर इतनी पकड़ थी कि ट्रांसफर होकर वो जहाँ-जहाँ जाते, एस. रामानंद का ट्रांसफर भी वहीं हो जाता।"

"जय-वीरू पर गलत फिल्म बन गई," मैं कह कर हँसा, "इन पर बननी चाहिए थी।"

"मुझे लगता है कि इस मामले में दोनों मिले हुए थे। नहीं तो कौन सा इंसान इतनी अच्छी नौकरी में वी.आर.एस. लेता है?"

"कामचोर इंसान," तपाक से मेरा जवाब आया।

एक अनुभवी डिटेक्टिव की तरह बेकार की बातों को जया ने नजर-अंदाज कर दिया।

"एस. रामानंद इस खेल में शामिल था," जया आगे बोली, "रामानंद वायनाड के एक छोटे से गाँव का मूल निवासी है। उसके बारे में किसी ने कभी सवाल ही नहीं किया। रामानंद के वी.आर.एस. लेने के दो महीने बाद गबन हुआ। मुझे पूरा यकीन है योगीनाथ फरार हो कर रामानंद के गाँव गया है।"

मैंने कहा, "हो सकता है।"

मुझे बात ठीक लगी। यह बात भी सच है कि बैंक मैनेजर को गबन के बाद उन सभी जगहों पर ढूँढा गया था, जहाँ उसके जाने की संभावना हो सकती थी। लेकिन केरल? बिल्कुल भी नहीं। और उसके जिगरी दोस्त का गबन से कुछ दिन पहले वी.आर.एस. लेना, सिर्फ एक इत्तेफाक नहीं हो सकता।

"यह पता पक्का सही है ना?" सुनिश्चित करने के उद्देश्य से मैंने पूछा।

आधा हिसाब

"मैंने पता किया है, गलत थोड़ी होगा," झूठे अकड़ के साथ जया बोली और उसके चेहरे पर एक मासूम सी मुस्कुराहट बिखर गई।

उसके साथ मैं भी हँसने लगा।

मुझे नहीं पता इन बीते कुछ पलों में क्या हुआ। हो सकता है काली चूड़ियों ने अपना असर दिखा दिया। या शायद पिछले दिनों हम दोनों को साथ रखने की पिंकी जी की कोशिश सफल हो गई। पर हमारे पुराने रिश्ते में कुछ था, जो नया-सा महसूस हो रहा था। अभी दो पल पहले जया नाराज थी। अब मुस्कुरा कर शेखी बघार रही है। ऐसे ही तो बीता था हमारा बचपन। हँसते-मुस्कुराते, रोते-गाते, इतराते हुए। ऐसे ही तो हम साथ बड़े हुए। ऐसे ही तो मुझे जया से प्यार हुआ था।

*** *** ***

शाम का जमावड़ा पिंकी जी के केबिन में हुआ। पिछले दिनों मेरा ज्यादा समय आंदोलन और कोर्ट केस में ही निकल रहा था। मेरे पीछे, दफ्तर की पूरी जिम्मेदारी पिंकी जी ने बखूबी संभाल रखी थी। एम.एन.ए. में पिंकी जी के आने के बाद चवन्नी की कार्यशैली में भी बड़ा बदलाव आया था। काम के लिए चवन्नी की निष्ठा की शुरुआत बेशक मजबूरी में हुई होगी, पर आंदोलन से जुड़ने के बाद निःसंदेह अंतर्निहित हो गई।

उद्देश्य जीवन का आधार है।

पिंकी जी का दिन का काम समापन की तैयारी में ही था। जया और मैं, सीधे उनके केबिन में पहुँचे। शुक्ला जी पहले से ही वहाँ मौजूद थे।

"का हो मिश्रा जी?" बबलू शुक्ला का बुलंद संबोधन आया।

"आप भी यहाँ हैं। ये बढ़िया है," शुक्ला जी के उत्साह को सम्मान देते हुए मैंने कहा।

"यहाँ हैं?" शुक्ला जी मस्ती में बोले, "गुरुदेव आपका इंतजार करते-करते छह सौ ग्राम वजन कम हो गया।"

"हाँ पता है आपका इंतजार," पिंकी जी की ओर तिरछी नजरों से देख कर जया ने जवाब दिया, "तेरी महफिलों में मेरी हाजिरी क्या है?" शरारती अंदाज में उसने हम सब को देखा और खुद ही बोली, "कुछ नहीं! बस मिलने के बहाने हैं।"

"बड़ी शायरी निकल रही है," मैंने बीच में कहा, "तेरी एक भी बात गलत होती तो अभी शुक्ला जी खबर लेते।"

सभी हँसने लगे। शुक्ला जी शर्मा कर रह गए। किसी और ने ध्यान नहीं दिया, पर शायद पिंकी जी की आँखों ने, मेरे और जया के बीच आई सहजता को पकड़ लिया था। उन्होंने इशारे में मुझसे इस सहजता का आश्वासन माँगा। मुस्कुराकर, मैंने उनके शक को यकीन में बदल दिया।

*** *** ***

कुछ देर बाद वकील साहब का भी आना हुआ। चवन्नी भी सारे काम निपटा कर आ गया। वकील साहब स्टे ऑर्डर ले तो आए थे, पर उनकी मेहनत का कोई खास फायदा नजर नहीं आया। जिन मामलों में क्षेत्र के विधायक की राजनीति चलती है, उनमें ऐसे ऑर्डरों की बखत उतनी ही होती है जितनी सब्जियों में आलू की। फैक्ट्री साइट पर टाल-मटोल तो शुक्ला जी भी कर रहे थे, पर यह रुकावट बहुत मामूली थी। जया और मैं, दिन में किए गए खोज के बारे में सबको बताने लगे। जया सुबह तक व्योमकेश बक्शी बनी बैठी थी पर पिंकी जी की तारीफों के बाद अचानक शरलॉक होल्म्स बन गई।

"वायनाड जाना पड़ेगा," पिंकी जी बोलीं।

"और तो कोई तरीका नहीं है," वकील साहब का सुझाव आया, "कोर्ट में महीनों से बस तारीख ही बढ़वा रहा हूँ। ये वायनाड वाला तुक्का खेल कर तो देखना ही पड़ेगा।"

"मैं तो कह रही हूँ यही हुआ है," 'तुक्का' शब्द सुन कर जया तिलमिलाई। कैसा लगेगा शरलॉक होल्म्स को, अगर कोई कह दे कि तुमने तुक्के से केस सुलझाया है।

"अरे हाँ देवी! यही हुआ है," पिंकी जी उसकी उत्सुकता को संभालते हुए बोलीं, "पर जा कर देखना तो पड़ेगा ना।"

"वैसे किसी की कोई पहचान हो वहाँ तो फोन पर पता कर सकते हैं," मैंने कहा।

"अरे फोन पर कोई क्या ही बता देगा," बबलू शुक्ला प्रभुताई में लैस होकर बीच में बोले।

"इनको ही भेज देते हैं फिर," जया तपाक से बोली।

शुक्ला जी की प्रभुताई जाती रही। सक-पका कर बोले, "हाँ! पर थोड़ी-बहुत जानकारी निकाली जा सकती है फोन पर। क्यों?" मुझे देखकर उन्होंने सवाल किया।

बहुमत देखकर मैं भी पलट गया, "नहीं यार! लगता है जाना ही पड़ेगा। पहले किसी को ढूँढो, पता करो। फिर खबर सही है या नहीं? कौन जाने? जाकर ही पता करना चाहिए।"

"हाँ! इनको भी भेज देते हैं फिर," इस बार पिंकी जी ने कहा।

कुछ इस तरह की बातें कुछ देर तक चली। सभा समाप्त होते-होते यह तय हो गया कि वायनाड का सफर मुझे और शुक्ला जी को करना होगा। यूँ तो यह एक सामान्य सा फैसला था। लेकिन जया

और पिंकी जी अन्य सभी लोगों से कुछ ज्यादा ही खुश दिख रही थीं। इस खुशी के आगे न शुक्ला जी मना कर पाए, और न ही मैं।

15. नया सफर

दुनिया भर के साहित्य इतिहास में यूँ तो सफर और रास्तों पर भर-भर कर बातें कही गई हैं। कितना कुछ लिखा गया है रास्तों की खूबसूरती पर। कितनी बातें कही गई हैं सफर के अधूरे होकर भी पूरे होने पर। जाने कितनी कविताओं, लेख, निबंधों में इन्हें उपमाओं से सुसज्जित किया गया है।

पर क्या फायदा?

क्या फायदा इन उत्कृष्ट टिप्पणियों का, अगर वेटिंग का ट्रेन टिकट, कन्फर्म ही न हो। सफर में अनारक्षित टिकट लेकर यात्रा करने वालों के हिस्से, दर्द के सिवा कुछ भी नहीं आता।

सफर शुरू हो गया।

ट्रेन में खचा-खच भीड़ थी। कन्फर्म सीट के आभाव से ग्रस्त, हम दोनों शौचालय के ठीक सामने खड़े थे। अपने समय पर टी.सी. का भी आना हुआ। अनुभवी टी.सी. यात्री की आँखों में देखकर बता देते हैं कि उसके पास टिकट है या नहीं। शुक्ला जी, टी.सी. और मेरे बीच एक त्रिपक्षीय चर्चा हुई। टी.सी. बहुत ही ईमानदार व्यक्ति था। अनारक्षित टिकट पर बर्थ मिलना नामुमकिन था। हमने सोचा कुछ ले-देकर बात बन जाए तो अच्छा। पर सामने से साफ मना हो गया। रिश्वत लेना उन महानुभाव के सिद्धांतों के विरुद्ध था।

पर इस चर्चा के दौरान पता चला कि अगर किसी तरह बारह सौ रुपए हमारी जेब से गायब होकर अपने-आप ही टी.सी. की जेब में प्रकट हो जाएँ तो एक साइड-लोअर बर्थ अपने-आप खाली हो जाएगी। इंसान कुछ ज्यादा ही ईमानदार हो तो ऐसे चमत्कार होते रहते हैं। थोड़ी और बात-चीत के बाद 'चमत्कार' का मूल्य नौ-सौ तक आ गया। बात बन गई। नौ-सौ रुपए हमारी जेब से गायब होकर टी.सी. की जेब में आ गए। हमें एक सीट मिल गई। सभी ईमानदार भी बने रहे।

कुछ घंटों के सफर के बाद एक छोटे से स्टेशन पर ट्रेन रुकी। फेरी वाले आलू-पूरी बेच रहे थे। शुक्ला जी झट-पट नीचे जा कर खाना ले आए। स्टेशन की आलू-पूरी में बेशक वो घर वाली बात नहीं थी, पर पेट भर गया।

थकान थी। पर इतनी नहीं कि रात के नौ बजे ही सो जाएँ।

"अब यहाँ फिल्म तो देख नहीं सकते," मैंने कहा, "आप ही बताइए कुछ। अपनी कहानी।"

"हमारी कहानी?" शुक्ला जी ने कुछ ऐसे मुँह बनाया जैसे इससे ज्यादा नीरस इस दुनिया में कोई बात ही नहीं है। "बहुत सादा जीवन है यार।"

"अच्छा!" बनावटी आश्चर्य के साथ मैंने कहा, "टशन देख कर तो नहीं लगता।"

मेरी बात सुन कर वो जोर से हँसे। रात हो चुकी थी। आस-पास के सभी बर्थ की बत्तियाँ बुझ चुकी थीं। हँसी थोड़ी धीमी होती तो अच्छा होता।

"ये टशन तो बचपन की आदत है। पता नहीं चला कब लग गई। हमारे जैसा नौवीं पास लड़का, गाँव में जब चार लोगों के बीच बैठता है, सब के पास कहने को बस एक ही बात होती है- 'दसवीं फेल'।"

आधा हिसाब

"एक दिन दोस्तों के बीच गलती से काला चश्मा लगा कर हम पहुँच गए। उस दिन चश्मे के अलावा, किसी ने और कोई बात ही नहीं की। किसी को याद ही नहीं रहा कि हमारे फेल होने का मजाक उड़ाना था। साला तब समझ में आया, आस-पास जितना भ्रम बना कर रखोगे, उतना काम निकलेगा। झाँकी दिखती रहनी चाहिए। क्या? हमने तो बस एक ही चीज सीखी है - अपना काम बनता, भाड़ में जाए जनता।"

बात दिलचस्प होने लगी। हल्की-फुल्की नींद जो इधर आ रही थी, रास्ता भटक गई।

"केरल में तो पता नहीं क्या होगा," सौ ग्राम चिंता के साथ मैंने कहा, "पता नहीं कितने दिन लगेंगे। काम का तो बहुत नुकसान हो जाएगा आपका।"

दो सौ ग्राम निश्चिंतता के साथ शुक्ला जी बोले, "प्रकाश और डबलू हैं। संभाल लेंगे। जो उनसे भी न संभला, तो फिर भगवान से ही संभलेगा।"

"ऐसा मतलब!"

"अरे हाँ!" दोस्तों का नाम आते ही शुक्ला जी झूम उठे, "एक से बढ़ कर एक हैं दोनों। प्रतिभा के इतने धनी हैं कि ट्रेन की सीट नंबर देख कर बता देते हैं कि ऊपर की बर्थ है या नीचे की।"

मैं हँसने लगा।

आपका व्यक्तित्व आपके जीवन में हुई छोटी-छोटी घटनाओं के मिश्रण से बनता है। सही है। पर व्यक्तित्व का एक बड़ा हिस्सा इस पर भी निर्भर करता है कि जब वो घटनाएँ हो रही थीं, आपके साथ कौन था।

बात कहाँ से निकल कर कहाँ पहुँच गई।

डबलू और प्रकाश, शुक्ला जी के जिगरी दोस्त हैं। साथ में बिजनेस पार्टनर भी। जब बात उठी, तो बहुत दूर तक गई। किस्से-कहानियों में समय बीतने लगा। छठवीं कक्षा में वो प्यार का पहला एहसास। उन्होंने बताया कैसे वो दसवीं में दो बार फेल हुए थे। कैसे स्कूल से निकाल दिए गए थे। कैसे शौचालय बनाने का पहला काम मिला था।

"और पिंकी जी?" मैंने पूछा, "वो कैसे आईं आपकी कहानी में?"

बोगी में सारी बत्तियाँ बंद थीं। सर्द रात के गहराते सन्नाटे में, जंगल के जिस टुकड़े से भी रेल गुजरती, हवाओं में एक सिहरन छोड़ जाती। पिंकी जी का नाम सुन कर बबलू शुक्ला भी सिहर गए थे। रोशनी इतनी नहीं थी कि मैं उनका चेहरा देख पाता। पर उनके चेहरे पर आई एक कसक भरी मुस्कान का अनुमान, मैंने लगा लिया था।

कहानी वही थी, जो उस रात छत पर बैठकर, मुझे पिंकी जी ने सुनाई थी। आज उसी कहानी को मैं दूसरे नजरिए से सुन रहा था।

पिंकी जी से उनकी पहली मुलाकात के बारे में जिस अंदाज से वो बता रहे थे, यकीन करना मुश्किल था कि यह सालों पहले की बात है। गुनगुनी सी धूप, खुले बाल, साड़ी का रंग, उनको सब कुछ याद था। इन सब के साथ वो कसक भी, जो पिंकी जी के मना करने पर उनके मन में उठी थी। रात लंबी थी और नींद नदारद। किस्सों का सिलसिला बढ़ता गया।

मुझे हमेशा से लगता था कि बबलू शुक्ला सिर्फ एक सतही इंसान है, जो सिर्फ भौकाल बना कर चलने में यकीन रखता है। उनकी हल्की-फुल्की बातें, अक्सर लोगों को उनके मन में उतरने से रोक लेती हैं। उन्होंने एक 'मजाक' की दीवार बना रखी है। उनके मन में उतरने के लिए उस दीवार के पार जाना पड़ता है।

उनकी कहानियों से साफ था कि उस दीवार पर एक खिड़की है, जो सिर्फ पिंकी जी के लिए खुलती है।

आधा हिसाब

मैं तो फिर भी किस्सा खत्म होने के बाद सो गया। शुक्ला जी कुछ सोच में डूबे थे। पता नहीं कब तक जागते रहे।

*** *** ***

पता वायनाड में एक छोटे से गाँव पेरिया का था। ट्रेन का सफर बिना किसी परेशानी के पूरा हो गया। बस-स्टैंड पहुँच कर हम पेरिया जाने वाली बस ढूँढने लगे। पता चला कि अगली बस तीन घंटे बाद है। शुक्ला जी का मन हुआ कि पास ही एक होटल में जाकर नहा लिया जाए। मेरा मन हुआ कि नहाने के बाद कुछ नाश्ता भी कर लिया जाए। वैसे भी पता नहीं आगे कहाँ-कहाँ भटकना है। हम दोनों की मन की बात पूरी होने के बाद, काफिला आगे बढ़ा।

रास्ते भर सड़क के आस-पास नारियल, केले, कटहल और भी बहुत से पेड़ लगे हुए थे। खेतों में धान लह-लहा रही थी। ऐसा लग रहा था जैसे किसी चित्र पर हरे रंग की डिबिया गिर गई हो। जैसे यहाँ हरियाली को हाथों से संजो कर रखा गया है। प्रकृति कितनी खूबसूरत है। केरल आकर लगा कि शायद यह एक जगह है, जो अभी इंसान की भूख का शिकार होने से बची हुई है।

थोड़ा अंतर्ज्ञान और बहुत सारे पूछताछ के बाद हम लिखे पते पर पहुँचे। आम बसावट से थोड़ी दूर, एक टीले नुमा ज़मीन पर कुछ फार्म-हाउस जैसी संरचना थी। बाहर से देखने पर चार कमरों का छोटा सा एक घर मालूम होता था। दरवाजे पर ही एक छोटा सा बरामदा था जहाँ चार कुर्सियाँ रखी हुई थीं। घर के ठीक सामने कुछ फूल और सब्जियों के पौधे लगे हुए थे। आस-पास खालीपन से लैस एक खामोशी थी। और एक लम्बा इंतजार।

एक काफी बुजुर्ग व्यक्ति बरामदे में खड़े होकर हाथों में कुछ दाने लिए पक्षियों को खिला रहे थे।

"योगीनाथ त्रिवेदी जी यहीं रहते हैं?" उनके करीब जाकर मैंने उनसे पूछा।

आँखों पर लगे चश्मे को ठीक कर उन्होंने हम दोनों को ध्यान से देखा, एक गहरी सांस ली और पूरे इत्मीनान के साथ वापस पक्षियों को दाना डालने लगे। मैं और शुक्ला जी एक दूसरे को देखने लगे। कुछ देर तक तो वो चुप रहे। फिर चेहरे पर बिना कोई भाव बदले बोले, "आप लोग लालटेन नगर से आए हैं?"

हम दोनों हैरान हो गए। इतने सटीक अनुमान की उम्मीद किसी को नहीं थी। सच कह दें या कुछ और कहें? कहीं कुछ गलत न हो जाए। और भी बहुत सी बातें हम दोनों के जहन में एक पल में दौड़ गईं। हम दोनों हकलाते ही रह गए।

हमने कुछ कहा नहीं पर वो समझ गए कि हमारा जवाब 'हाँ' है।

"आखिरकार।"

*** *** ***

उनका घर मुख्य गाँव से थोड़ा दूर ही था। एक छोटी सी पहाड़ी-नुमा जगह पर एक अकेला घर। स्थानीय निवासी न होने के कारण वो पड़ोसियों से कटे हुए-से मालूम पड़े। आस-पास खामोशी पसरी थी। दूर-दूर तक पंछियों के चह-चहाने के अलावा और कोई आवाज नहीं थी। उनके चेहरे की झुर्रियाँ बता रही थीं कि यह बुढ़ापा अपने समय के पहले आ गया है। उन्होंने हम दोनों को बहुत आदर के साथ बरामदे में बैठाया।

"मैं अभी आया," कह कर वो भीतर चले गए।

मैं और शुक्ला जी कभी आस-पास पेड़-पौधों को देखते तो कभी एक-दूसरे को। त्रिवेदी जी के भावहीन चेहरे के पीछे, उनके मन में उफनते तूफान को हम महसूस कर पा रहे थे। कितनी खामोशी थी

बाहर, हमारे आस-पास। और कितना बड़ा तूफान उमड़ आया होगा, उनके मन के अंदर।

कुछ देर तक घर में बर्तनों की आवाज आई, फिर सब शांत हो गया। अंदर गैस पर चाय चढ़ चुकी थी। एक लोटे में पीने का पानी लाकर उन्होंने हमारे सामने रखी लकड़ी की पुरानी मेज पर रख दिया। दूसरे हाथ में एक मोटी सी फाइल लिए वो हमारे पास बैठ गए।

उन्होंने बताया कि गबन के बाद नकद पैसा लेकर वो अपने दोस्त एस. रामानंद के साथ यहाँ आ गए थे। योजना यह थी कि रामानंद का परिवार और वो खुद, सारा पैसा लेकर विदेश चले जाएँगे। वो कुछ महीने दोस्त के घर पर ही रहे। फिर एक दिन रामानंद ने बताया कि हवाला के जरिए उसने सारा पैसा वहाँ भेज दिया है जहाँ वो सब फरार होकर जाने वाले हैं। बस पासपोर्ट बनते ही वो सब निकल जाएँगे। एक सुबह जब वो उठे तो घर पर कोई नहीं था। रामानंद का पूरा परिवार रातों-रात गायब हो गया। सारा पैसा लेकर वो जा चुका था। एक पल में ही योगीनाथ त्रिवेदी का सब कुछ लुट गया। स्थानीय न होने के कारण लोगों ने भी उनकी मदद नहीं की। जाते-जाते रामानंद ने अपना घर भी बेच दिया। दो दिन बाद उस घर के नए मालिक आ गए और योगीनाथ को वो घर छोड़ना पड़ा।

चाय देखने वो उठ कर अंदर चले गए। हम दोनों ऐसे बैठे रहे जैसे परीक्षा के दिन ही सिलेबस बदल गया हो।

तीन कप चाय लेकर वो बाहर आए। चाय मीठी थी, फिर भी फीकी लगी।

"कुछ जमा-पूँजी थी जो पकड़े जाने के डर से दूसरों के नाम पर रखा था मैंने," आस-पास देखते हुए वो बोले, "सब लग गया इस जगह को खरीदने में। अपने गाँव, अपने लोगों के बीच भी नहीं जा सकता था। हर रात बस यही सोचता था कि क्या ऐसे ही एक दिन पराए लोगों के बीच, अकेले, मर जाऊँगा? क्या यही प्रायश्चित है, मेरे पापों का? या

कोई आएगा मुझे ढूँढते हुए? मेरे कर्मों का हिसाब लेने। क्या मुझे मौका मिलेगा अपने-आप को मुक्त करने का?

"हो सकता है हम दोनों आज आपके पास वही मौका लेकर आए हैं," मैंने कहा।

"हो सकता है।"

"क्या आप कोर्ट के सामने गवाही देने के लिए तैयार हैं?" शुक्ला जी ने धीमी आवाज में पूछा।

"शुक्ला जी," कहकर वो रुके। कुछ सोच कर, बहुत आराम से उन्होंने आगे कहा, "आप ही बताइए कि सच या झूठ कहने से अब मुझे क्या फर्क पड़ेगा? मैंने जो कुछ भी किया, उसकी सजा तो मुझे मिल ही रही है। जीवन के एक पड़ाव में ऐसा समय आता है जब आपके पास सही-गलत में से एक चुनने का मौका होता है। 'गलत' के साथ आपको वो सब कुछ मिलता है जो आपने जीवन भर चाहा है। उस दिन आपकी परवरिश की परीक्षा होती है। उस दिन आपके मन की परीक्षा होती है। उस एक कमजोर पल में लिया गया फैसला आपके जीवन की सफलता या असफलता निर्धारित करता है।"

योगीनाथ इतना कह कर, अनंत को निहारते रहे। मैं और शुक्ला जी कभी उनको देखते, तो कभी एक दूसरे को। सबकी अपनी दुनिया है और सबका अपना नजरिया। कितनी अलग है यह दुनिया, दो अलग-अलग लोगों के नजरिए में। और नजरिया भी वो, जो समय के साथ बदल जाता है।

एक वो दिन था जब योगीनाथ मोह-माया में इतना डूबा हुआ था कि अपराध करने को तैयार हो गया। और एक आज का दिन है कि सब हार कर बैठा है, उस दिन और आज के दिन में कितना फर्क है।

"मैं तैयार हूँ," एक लंबी साँस खींच कर वो बोले, "इस फाइल को भी साथ ले चलिएगा। सबूत के तौर पर काम आएँगी। बाकी गवाही देने के लिए मैं तो हूँ ही।"

*** *** ***

हमने वायनाड से वापसी का तत्काल टिकट लिया। हमारी ट्रेन अगले दिन थी। त्रिवेदी जी ने रात उनके घर पर ही रुकने का आग्रह किया। हम मना नहीं कर पाए।

आधा हिसाब

"मैं तैयार हूँ," एक लंबी साँस खींच कर वो बोले, "इस फाइल को भी साथ ले चलिएगा। सबूत के तौर पर काम आएँगी। बाकी गवाही देने के लिए मैं तो हूँ ही।"

16. फिल्म सिटी

कोर्ट में चल रहा वह केस लालटेन नगर का एक ऐसा वाकया है जो सबके लिए एक साथ प्रासंगिक हो गया। उत्सुकता चरम पर थी। शहर का हर व्यक्ति किसी-ना-किसी तरीके से इस मुद्दे को 'अपना' मान रहा था। आम-तौर पर ऐसी प्रासंगिकता चार साल में एक बार ही आती है, जब क्रिकेट विश्वकप खेला जाता है। फिलहाल खेल अलग था, पर मजेदार उतना ही। तारीख लगी हो चाहे नहीं, श्रीवास्तव जी के नेतृत्व में किसानों का एक झुँड न्यायालय परिसर में हमेशा दिखाई देता। हालाँकि कोर्ट-रूम तक सर्फ श्रीवास्तव जी की ही पहुँच थी, पर अंदर की खबर सबको बराबर मिलती रहती थी।

मेरी गैर-मौजूदगी में पूरे लालटेन नगर में काफी हलचल मच चुकी थी। जलज जी के साथ एम.एन.ए. का अनुबंध ऐसा था कि एजेंसी की सारी खबरें सिर्फ जलज जी के अखबार को ही जाएँगी। पर पिंकी जी ने वो अनुबंध तोड़ दिया। उन्होंने वो किसान आत्म-हत्या वाली रिपोर्ट, जिसको जलज जी ने छापने से मना कर दिया था, उन सभी अखबार वालों को भेज दिया जिनके साथ हम पहले काम करते थे। उन्होंने साथ में यह भी लिख दिया कि कैसे 365 न्यूज के सी.ई.ओ. ने किसी विधायक के दवाब में आकर इतनी बड़ी खबर छापने से मना कर दिया। पिंकी जी ने किसानों के 'वर्तमान' की खातिर '365 न्यूज' के 'भविष्य' को ताक पर रख दिया।

आधा हिसाब

जलज जी काफी नाराज हुए। दफ्तर के दो बंद कमरों में, देर रात, टेलीफोन पर, उन दोनों के बीच कितनी कहा-सुनी हुई, इसका सिर्फ अनुमान ही लगाया जा सकता है। मैं समझता हूँ पिंकी जी का आक्रोश। पर इस पर 'सही' या 'गलत' का तागा लगाना आसान नहीं है।

यह एक लिखित प्रमाण था, किसी अखबार के अनैतिक होने का। अनैतिकता के नाम पर प्रतिद्वंदी को नीचा दिखाने का सुख कौन नहीं लेना चाहता? अखबार वालों के लिए आंदोलन, गबन, आत्महत्या, यह सब आम बातें थी। पर देश के एक उभरते अखबार, 365 न्यूज के नाम पर कलंक लगाने का मौका नया भी था और दिलचस्प भी।

सबसे पहले छोटे से एक अखबार के आखिरी पन्ने पर चार-बाई-चार वाली खबर छपी। मामला तूल पकड़ने लगा। इस मुद्दे ने जिले के मामूली अखबार के आखिरी पन्ने से लेकर देश के मुख्य अखबार के पहले पन्ने तक का सफर मात्र तीन दिनों में तय कर लिया। अखबार जगत की प्रतिद्वंदिता ने विधायक की विधायकी विफल कर दी। वो किरदार नायक बन गए जो कभी नजरंदाज कर दिए गए थे।

देश के सबसे बड़े अखबार के प्रथम पृष्ठ पर बड़े-बड़े अक्षरों में लिखा था – 'आधा हिसाब'।

एक अधूरे हिसाब की कहानी जो सालों पहले शुरू हुई थी, दुनिया के सामने आ गई। किसानों के सीने पर सालों से रखा अचल पत्थर, थोड़ा ही सही, खिसक गया।

पर इतना काफी नहीं था।

देश की न्यायपालिका न्याय करने में बेशक सक्षम है। पर अदालतें कागजों पर चलती हैं। सही समय पर सही सबूत और सच कहने वाला गवाह मिल जाए तो ठीक, नहीं तो कर्मों का हिसाब तो हो ही रहा है। भगवान देख लेंगे। कागज के तराजू आँसू नहीं तौल पाते।

कोर्ट की कार्यवाही में किसानों का रोना किसी काम का नहीं था। आँसू सांत्वना बटोर सकते हैं, न्याय नहीं। यह वो समय था जब एडवोकेट राज को लोगों का साथ तो मिल गया था, पर उनके पास न सबूत थे, और न गवाह। कभी-कभी कुछ धमकियाँ भी आ जाती थीं। पर ऐसी ऐरी-गैरी धमकियों से मुख्य-किरदार नहीं डरा करते।

फैक्ट्री निर्माण पर स्टे लेने के अलावा केस में और कोई हलचल नहीं हुई थी। अलग-अलग बहानों के दम पर लिए गए 'तारीख' केस में थोड़ा-बहुत जान भर रहे थे। पर कब तक? उन दिनों सबका मुँह ऐसे उतर गया था जैसे सुबह का तला समोसा शाम तक मुरझा जाता है।

हालाँकि यह सब दिक्कतें तो होनी ही थी। मुझे केरल जो भेज रखा था। अब कथानक से नायक ही गायब रहेगा तो और क्या उम्मीद करें?

*** *** ***

योगीनाथ त्रिवेदी का गवाही देने के लिए मान जाना हमारे लिए एक बड़ी उपलब्धि थी। सुबह उठ कर मैनें सबसे पहले पिंकी जी को फोन लगाया। फिर औरों को भी फोन गए। अब अगल से क्या-क्या कहूँ? पूरे दफ्तर में हर्षोल्लास का माहौल हो गया। खुशी की कोई सीमा नहीं रही। पिंकी जी ने तो मन-ही-मन अगले दिन का हेडलाइन बना लिया- 'किसानों से धोखाधड़ी केस में आया नया मोड़। सामने आए आरोपी'। चवन्नी पूरे जिले में भंडारे की बातें करने लगा। श्रीवास्तव जी ढोल का बंदोबस्त करने में जुट गए। और जया ने अपने नाम के आगे 'होल्म्स' लगा लिया।

इतना सब वकील साहब को कुछ भी पता चलने के पहले-पहले हो गया। पर जैसे ही उन तक खबर पहुँची, पहली सख्त हिदायत आई कि न किसी के चेहरे पर खुशी दिखनी चाहिए और न ही किसी को कान-ओ-कान खबर मिल पाए।

"आप दोनों तो बस उनको यहाँ लाने का इंतजाम कीजिए। चुप-चाप। विधायक का कोई भरोसा नहीं। कुछ भी करवा सकता है। यहाँ क्या करना है मैं सोच कर बताता हूँ।"

"ऐसे कैसे कुछ भी करवा देगा?" फोन पर कान लगाए हमारी बात सुन रहे शुक्ला जी बड़बड़ाए, "फिल्म चल रही है क्या?"

"सावधानी जरूरी है," बहुत ही गंभीर लहजे में वकील साहब बोले।

और बात खत्म।

हेडलाइन लिख कर काट दी गई। भंडारा अनिश्चित काल तक स्थगित कर दिया गया। ढोल वाले वापस चले गए। पर जया के नाम में 'होल्म्स' लगा, तो लगा रह गया।

वकील साहब के कहे अनुसार गवाह को आखिरी तक गुप्त रखा गया। योगीनाथ त्रिवेदी गवाही देने अपनी इच्छा से आए थे। कोई जबरदस्ती जैसी बात नहीं थी इसलिए उनको गुप्त रखने में कोई परेशानी नहीं आई। वापस आते वक्त मैं और शुक्ला जी गवाह के साथ एक स्टेशन पहले ही उतर गए। स्टेशन के दरवाजे पर एक एम्ब्युलेंस आकर रुकी। हम तीनों उसमें बैठ गए।

"ऐसा लग रहा है जैसे कोई फिल्म चल रही है," शुक्ला जी बोल कर हँसने लगे।

वकील साहब ने झूठे नाम पर जिला अस्पताल में योगीनाथ त्रिवेदी का दाखिला करवा दिया। श्रीवास्तव जी ने कुछ लड़कों को उनकी खातिरदारी का जिम्मा दे दिया। चार-छह लोगों के अलावा न किसी को कुछ पता था और न किसी को भी वहाँ जाने की इजाजत थी।

हम सब ने वकील साहब से सवाल किया था कि गवाह के बारे में समय रहते विपक्ष को तो बताना ही पड़ेगा।

"भइया ऐसा है," वकील साहब बोले, "नियम-कानून हम सब देख लेंगे। आप बस इतना ध्यान रखिए कि अगली तारीख से पहले किसी को पता न चल पाए कि इस कमरे में कोई मरीज नहीं, केस का गवाह बैठा है।"

न्यायपालिका ने भरपूर समय लिया। व्यवस्था ही ऐसी है। कुछ तो विधायक की राजनीति का भी असर था। पर वकील साहब ने कभी लोड नहीं लिया। हर सुनवाई में मैं या पिंकी जी उनके साथ कोर्ट जरूर जाते। तारिख लगी हो या नहीं, केस से जुड़ी कोई-ना-कोई खबर हम जरुर छापते। माहौल ठंडा होने नहीं दिया जा सकता था। 365 न्यूज ने इस खबर को पूरे दम से कवर किया। अपने अखबार की डूबती प्रतिष्ठा के बचाने के लिए जलज जी के पास और कोई रास्ता नहीं था।

एक अलसाए से दोपहर में, कोर्ट परिसर के दरवाजे पर खड़ी भीड़ को चीरते हुए एक लाल-सफेद एम्ब्युलेंस आकर रुकी। दाहिने हाथ के बल, सीने में एक मोटी सी फाइल समेटे, उसमें से उतरे योगीनाथ त्रिवेदी। इत्मिनान से एक नजर चारों ओर देखकर, उन्होंने अपना सिर झुका लिया। कुछ लोगों ने उनका चेहरा पहचाना होगा। गबन करने वाला बैंक मेनेजर? यही तो था जिसने किसानों से लोन के कागजों पर दस्तखत करवाया था। एक-दो से होते हुए, जंगल में लगी आग की तरह, खबर पूरे कोर्ट में फैल गई। कोलाहल मच गया।

विधायक के वकीलों का मुँह देखने लायक था जब अचानक से नया गवाह पेश किया गया। उनके पास तैयारी का कोई मौका नहीं था। जाहिर है, खूब ऑब्जेक्शन उठा। वकीलों में कहा-सुनी भी हो गई। कार्यवाही बीच में ही रोकनी पड़ी। जज साहब ने दोनों पक्ष के वकीलों को अपने चैम्बर में बुला लिया। चैम्बर में हुए शास्त्रार्थ के बारे में चैम्बर वाले जाने। बाहर वालों तक तो इतनी खबर आई कि जज साहब ने योगीनाथ के गवाही की अनुमति दे दी है।

आधा हिसाब

यह दलीलें पेश करने का आखिरी दिन था। दिन खत्म होते-होते कार्यवाही का समापन हुआ और फैसले की तारीख तय हो गई।

*** *** ***

कहानी का सुखद अंत न हो तो दिल में एक कसक रह जाती है। भगवान शायद इस कहानी में कसक नहीं चाहता था। बात देर और अँधेर की नहीं है। बात है न्याय की।

महीनों बाद ही सही पर कोर्ट का फैसला किसानों के पक्ष में आया।

कहीं-न-कहीं, किसी-न-किसी के माध्यम से पूरा जिला इस केस से जुड़ा हुआ था। किसी के मामा की जमीन फँसी थी, तो किसी के ताऊ की। हर किसी का कोई-न-कोई करीबी, इस केस के करीब था। पूरा जिला सुबह से बासी मुँह इस फैसले का इंतजार कर रहा था।

वकील साहब कोर्ट रूम के बाहर स्लो-मोशन में आए। सँवरे हुए बालों को उन्होंने वापस सँवारा और आत्मविश्वास में आगे बढ़ते रहे। वैसे तो उनके हाथ में कुछ फाइलें थीं। पर लोगों को दिखा कि विधायक के चंगुल से खींच कर वो किसानों की जमीन ला रहे हैं। फैसला भले जज साहब ने अंदर सुनाया हो पर दुनिया को वकील साहब के चेहरे पर छाई पौने दो इंच की मुस्कान ने बताया। पूरे गाँव में खबर फैल गई। फोन-पर-फोन आने लगे। आंदोलन से जुड़े लोग एक पल में हीरो बन गए।

योगीनाथ, राधे सुंदर अग्रवाल और विकास एग्रो प्राइवेट लिमिटेड के डायरेक्टर्स द्वारा बैंक और किसानों के विरुद्ध धोखाधड़ी का षड़यंत्र सिद्ध हो गया। किसानों के नाम बैंक द्वारा दिए गए ऋण अप्रवर्तनीय हो गए। फिर न कोई जमीन गिरवी रही, न ही बैंक के पास नीलामी का हक रहा, और न ही कंपनी द्वारा जमीन खरीदना 'कानूनी'।

सम्बंधित आरोपियों को सजा के साथ, किसानों को उनकी जमीन वापस मिल गई।

कागजों के हिसाब से विधायक का विकास एग्रो प्राइवेट लिमिटेड से कोई लेना-देना नहीं है। इस कारण विधायक का गबन से कोई सीधा संबंध साबित नहीं हो सका। हालाँकि जमीन वापस करने के बाद कंपनी पर अलग से एन.सी.एल.टी. में मुकदमा चलेगा। पूरी उम्मीद है कि वहाँ कंपनी के परिसमापन का निर्णय आएगा।

*** *** ***

पिंकी जी ने आंदोलन से जुड़े सभी लोगों का रात का खाना दफ्तर में रखा था। उनका उद्देश्य शायद केस जीतने की खुशी में एक छोटी सी पार्टी देना होगा। पर आज भी लोग उस प्रसंग को पार्टी मानने से इनकार करते हैं। असली पार्टी तो तब हुई जब अगले दिन ठेके पर ले जा कर शुक्ला जी ने सभी शौकीनों को अमृत पिलाया।

खैर!

पिंकी जी की पार्टी में महीनों से हमारे साथ घूम रहे कुछ किसान भाई और अन्य कार्यकर्त्ता भी आए। हलवा सभी को पसंद आया। जाते-जाते कुछ लोगों ने थोड़ा घर के लिए भी रख लिया। शुरुआत में कोई पंद्रह बीस लोग रहे होंगे। श्रीवास्तव जी कार्यकर्ताओं को धन्यवाद देकर थोड़ा जल्दी चले गए। उनके साथ जो किसान आए थे वो भी रवाना हुए। जैसे-तैसे वकील साहब को थोड़ा और रुकने के लिए हम सब ने मनाया। शुक्ला जी टिके रहे। पिंकी जी के होते हुए वो वैसे भी कहाँ ही जाते? इतने में चवन्नी कहीं से पान ले आया। बस जम गई महफिल।

"जलज जी का मैसेज आया था," पिंकी जी ने मुझसे कहा, "केस जीतने पर बधाई दे रहे थे।"

"अच्छा! और क्या कहा?" मैंने पूछा।

आधा हिसाब

"क्या कहेंगे?" एक छोटे से विराम के बाद वो आगे बोलीं, "मुझे लगा कि उनके खिलाफ मेरी रिपोर्ट के बारे में कुछ कहेंगे। पर कुछ नहीं। पूछ रहे थे एजेंसी का क्या करना है?"

"छह महीने हो गए क्या," जया बीच में बोली।

"छह महीने तो कब से हो गए," पिंकी जी ने जवाब दिया, "हम इन सब चीजों में व्यस्त थे इसलिए शायद उन्होंने कुछ कहा नहीं।"

"कोई दिक्कत है क्या?" वकील साहब ने ऐसे पूछा जैसे समस्याओं की कोई औकात ही न हो। केस जीतने के बाद उनका ऐसा लहजा एक-आध दिन जायज था।

"अरे नहीं!" आशंकाओं को खारिज करते हुए पिंकी जी ने जवाब दिया, "दरअसल मैं यहाँ '365 न्यूज' की ओर से नियुक्त हूँ।"

"मतलब?"

"मतलब इनकी तनख्वाह मैं नहीं, '365 न्यूज' वाले देते हैं," मैंने कहा। आस-पास की दीवारों को मैं इत्मीनान से देखने लगा, "फिलहाल यह दफ्तर न्यूज एजेंसी नहीं, 365 न्यूज की एक ब्रांच है।"

वकील साहब को कुछ समझ नहीं आया।

चवन्नी ने कहानी शुरू से शुरू की।

"हमारे पास अखबार छापने की कुछ पुरानी मशीन रखी हैं। इनके पिताजी लेकर आए थे। उस जमाने में नया अखबार शुरू करने वाले थे। जोश-जोश में किया भी था। पर चल नहीं पाया। गए थे कुछ अच्छा करने, उल्टे कर्ज कर आए। अपने समय पर वो तो दुनिया से चले गए, इनको छोड़ गए लेनदारों के बीच। अब का बताएँ वकील साहब? हमारी आर्थिक स्थिति काफी कमजोर थी। जैसे तैसे खर्चे पूरे कर के एजेंसी चला रहे थे। एक दिन हमने फैसला किया कि मशीन

बेच देते हैं। सब नहीं तो कुछ सही। कहीं तो कर्ज कम होता। वो आए थे मशीन खरीदने। अरे अपने जलज बाबू...। कहा मशीन रहने दो, एम.एन.ए. ही खरीद लेता हूँ।"

"वो असल में न्यूज एजेंसी बंद कर के अपने अखबार का लोकल ब्रांच बनाना चाहते हैं," पिंकी जी बोलीं, "कर्ज तो सारा खत्म हो जाएगा, पर अपना नाम नहीं बचेगा। मिश्रा जी तुरंत फैसला नहीं ले पाए इसलिए वो उनको विचार करने का समय दे गए। कहा छह महीने चला कर देख लो। जब एक छोड़ना होगा तब अपने-आप समझ आ जाएगा क्या अच्छा है और क्या बुरा?"

"और वो छह महीने अब हो चुके हैं खत्म," धीमी आवाज में मैंने कहा।

"फिर अब?"

"मुझे तो कुछ समझ नहीं आ रहा," मैंने आगे कहा, "जलज जी के साथ कैसे काम कर पाएँगे? खबर को लेकर कोई स्वायत्ता ही नहीं है। कितनी जरूरी और कितनी बड़ी खबर थी- उस किसान की आत्महत्या। क्या हुआ? नहीं छप सकी ना। 365 न्यूज के साथ यह दिक्कत जीवन भर रहेगी। हर बार कोई-न-कोई आ जाएगा धौंस दिखाता हुआ। हेड-ऑफिस ही राजनैतिक दबावों में धँसा जा रहा है तो ब्रांच का क्या होगा? ऐसा लग रहा है कि खुद को बेचने निकल पड़ा हूँ।"

"मैं लालटेन नगर से निकलने की तैयारी कर लूँ मतलब," पिंकी जी हँसते हुए बोलीं, "एजेंसी रहे चाहे अखबार, मेरा पत्ता तो लगभग साफ ही है।"

एक कसक थी इस बात में। बहुत कुछ पा लेने के बाद, सब कुछ खो देने की टीस। इस एक पल में, अचानक सब कुछ छूटता-सा दिखा।

आधा हिसाब

डूबते-डूबते चवन्नी ने तिनके की ओर हाथ बढ़ाया, "अगर हम सब मिलकर अपना ही अखबार शुरू कर लें तो?"

*** *** ***

कानों में खटकने वाला एक अटपटा सा विचार, कुछ देर के बाद, धीरे-धीरे सबको सामान्य लगने लगा।

"हाँ भाई!" वकील साहब बोले, "मशीनें तो हैं ही आपके पास। और पिंकी जी का अनुभव भी तो काम आएगा।"

पिंकी जी को कुछ कहने की जरूरत नहीं पड़ी। उनकी मुस्कुराहट और आँखों में अचानक आई चमक ने आवश्यक हामी भर दी थी।

"सालों पुरानी मशीनें हैं," जया ने कहा, "पता नहीं कब से जंग खाती पड़ी हैं। क्या पता चलेंगी या नहीं।"

"थोड़ी मरम्मत लगेगी," मैंने कहा, "पर काम तो चलाया जा सकता है।"

"और कौन सा देश भर के लिए अखबार निकालना है," चवन्नी बोला। "अपने जिले भर का तो घिस-घिस कर भी निकाल लेंगे।"

"अरे इतनी मेहनत करनी ही क्यों?" पिंकी जी बोलीं, "शुरुआत साप्ताहिक अखबार से करते हैं। मशीन भी टेस्ट हो जाएँगी और यह योजना भी। धीरे-धीरे बढ़ेंगे वो चलेगा। सब-कुछ एक बार में ही कर लेने के चक्कर में कुछ भी नहीं कर पाएँगे।"

"और पैसों की चिंता मत कीजिए," वकील साहब ने कहा, "आपकी एक पहल के कारण किसानों का जितना फायदा हुआ है, आपकी जरूरत उसका एक कतरा भी नहीं है।"

"उनके लिए हम सब ने चाहे जो भी किया हो," मेरी बातों में स्वाभिमान अलग से नजर आया, "पर मैं किसी के सामने हाथ नहीं फैला सकता।"

"अरे भाई! भीख माँगने को थोड़ी कह रहे हैं, "दूसरे तरीके हैं फण्ड उठाने के। दान नहीं ले सकते, कर्ज नहीं ले सकते, तो इक्विटी के बदले ले लो।"

अंग्रेजी के शब्द, छोटे शहर में हो रही बात-चीत को अपने-आप ही नीरस बना देते हैं। सभी के मन में बहुत से सवाल आए। पर रात इतनी हो चुकी थी कि आधों को नींद आ रही थी और आधों को यह सपना लग रहा था। किसी ने कुछ नहीं पूछा।

फिर भी, वकील साहब ने समझना शुरू किया, "आप एक नई कंपनी बना लीजिए। एक ऐसी कंपनी जिसमें आपके साथ-साथ लालटेन नगर के किसान भी मालिक होंगे। कोई जबरदस्ती नहीं है। जिसको भी कंपनी का मालिक बनना है, वो जितना चाहे शेयर खरीद कर बन सकता है। सभी अपने-अपने मालिकाना हक के एवज में कंपनी को पैसे देंगे। शेयर के बारे में तो आप सब ने सुना ही होगा। सारी बड़ी कंपनी ऐसे ही काम करती हैं। क्योंकि कंपनी का उद्देश्य जिला स्तर पर अखबार चलाना होगा, वह उस पैसे को उसी काम के लिए उपयोग करेगी। और हाँ! अखबार में जो भी मुनाफा होगा, उस पर सभी शेयर होल्डर्स का हक होगा।"

"पर हमारे लोन का क्या होगा," चवन्नी ने मुद्दे की बात पूछी।

"अपनी इक्विटी के बदले कंपनी को लोगों से जो पैसा मिलेगा उसका इस्तेमाल करके वह एम.एन.ए. से मशीनें खरीद लेगी। और आपको तो वैसे भी मशीनें बेचनी ही थी ना? तो अपनी ही दूसरी कंपनी को बेच दीजिए। जो पैसे आएँगे चुप-चाप उससे अपना लोन चुका देना। काम खत्म। जैसे ही यह हुआ, अखबार का काम शुरू। और यह सब

तो कागजों पर ही करना है। कौन सा दुनिया यहाँ-की-वहाँ करनी है। फुर्ती से करें तो सब एक महीने में हो जाएगा।"

इस वक्त तक जिसकी जितनी श्रद्धा बची थी, बात-चीत में उसने उतना भाग लिया। मूल रूप में विचार अच्छा था। वो कहते हैं ना कि भगवान एक दरवाजा बंद करता है तो दूसरा खोल देता है। मेरे मन में अचानक जो आशा आई थी, वो शायद इसी दरवाजे के उस पार खड़ी, इसके खुलने का इंतजार कर रही थी।

17. विधि का विधान

हर वो दिक्कत जिसने रात भर जगा कर रखा आज उसका कोई अस्तित्व नहीं है। मैं यह सोचने पर मजबूर हूँ कि ऐसे तो फिर दिक्कतों की औकात ही क्या है? एक दिन कम हो जाएँगी, एक दिन खत्म और उसके बाद, एक सुबह फर्क ही नहीं पड़ेगा।

केस खत्म होने के बाद हम सबका मिलना काफी कम हो गया था।

नेता जी वापस सिलाई की दुकान पर बैठने लगे। 'जब तक जीना है, तब तक सीना है'। लेकिन हम सभी को यकीन है कि लालटेन नगर में जब-जब पापियों का अत्याचार बढ़ेगा, 'गलत', 'सही' पर हावी होने लगेगा, किसी गरीब का हक छीना जाएगा, तब-तब हरिदास श्रीवास्तव नाम का आंदोलनकारी, 'सही' के साथ खड़ा मिलेगा। और फिर शादियों का सीजन आ रहा है। दुकान पर उनके कर्मचारियों को भी तो एक नेता चाहिए था।

एडवोकेट राज जिला न्यायालय के मुख्य द्वार के चार पिलर पार, अपनी टेबल पर वापस पहुँच गए। कोर्ट में विधायक की कंपनी को हराने के बाद, पूरे जिले में उनका वर्चस्व अपने-आप ही स्थापित हो गया। जिस केस को अन्य वकीलों ने सूंघ कर छोड़ दिया, एडवोकेट राज उस केस को लड़े भी, और जीते भी। पूरे हफ्ते छपे गए हर अखबार के जिले वाले अंक में, पहला नाम उनका ही लिखा होता।

आधा हिसाब

कहीं और 'राज' के नाम से शाहरुख खान मशहूर होंगे, अपने यहाँ अब वकील साहब हैं।

जिला स्तर पर साप्ताहिक अखबार शुरू करने का सबसे बड़ा प्रभाव चवन्नी पर आया। किसी को यकीन करने में परेशानी हो सकती है, पर चवन्नी अब मन लगा कर काम करता है। इस बदलाव के कारण पर सबका अपना-अपना मत है। दफ्तर के कार्यों के लिए हुई नई नियुक्तियों में हिना नाम की लड़की का इस बदलाव से कोई लेना-देना नहीं है। अब चवन्नी सबसे पहले दफ्तर आता है और सबसे आखिरी तक रुकता है।

पिंकी जी खुश थीं। जर्नलिस्ट बनने का सपना, और खुद का अखबार होने की हकीकत, अपने-आप में एक सुखद एहसास है। और जिस हिसाब से वो काम में व्यस्त हुईं, मेरे हिस्से का एक बड़ा कार्यभार खत्म हो गया।

जुलाई का महीना और पहली बारिश। ऐसे में एक कप चाय मिल जाए तो मन 'मोर' हो जाता है। हाथ में अपनी चाय लिए मैं झट-पट छत की ओर भागा। मैंने सोचा, छज्जे के नीचे रखी कुर्सियाँ आखिर किस दिन काम आएँगी? मुझे लगा कुछ देर एकांत में बैठ कर चाय पिएँगे, बारिश को निहारेंगे और पड़े रहेंगे मस्त। पर कहाँ? शुक्ला जी वहाँ पहले से ही विराजमान मिले। खैर, जिस हिसाब से जनसँख्या बढ़ रही है, एकांत की उम्मीद, अपने-आप में ही एक विलासिता है। गरीबों को थोड़ी मिलेगी।

केस खत्म होने के बाद शुक्ला जी का दफ्तर आने का टिकट अमान्य हो चुका था। वैसे तो भरतपुर और लालटेन नगर एक दूसरे के पड़ोसी हैं। फिर भी वहाँ से यहाँ आने का कोई स्वीकार्य कारण तो हो। केस के साथ वो कारण भी खत्म हो गया। जब पूरी दुनिया खुश थी, तब शुक्ला जी दुखी थे। पिंकी जी से न मिल पाने का गम, उनके चेहरे पर सौ फीट दूर से ही देखा जा सकता था। चेहरा तो चेहरा है, उतर जाता है, पर अब उनकी बुलट में भी वो पहले वाली आवाज

नहीं रही। और गरीब आदमी, किस्मत से लड़-झगड़ कर, यहाँ आने का कोई बहाना ढूँढ भी ले, तो मैडम काम में व्यस्त। अब कौन समझाए उसे चाहत की हद? वो पागल न 'बेहद' समझती है, न 'बेइंतहां'।

"किसी की तेरहवीं है क्या?" शुक्ला जी को छत पर खड़े, बारिश को एक-टक निहारते देख, मैंने कहा।

"हैं!" अचानक आए कटाक्ष को वो शायद संभाल नहीं पाए, "क्या?"

"छह फीट की मनहूसियत लिए खड़े रहोगे तो कोई और क्या ही पूछेगा," मैंने आगे कहा।

"अब यही है रंग जो है, काला मानो चाहे सफेद," बहुत ही तेज-तर्रार जवाब देकर, वो फिर चुप हो गए।

इतनी गहरी बातें या तो इश्क में समझ आती हैं या नशे में। स्कूल में बच्चे बेकार ही महात्मा गाँधी पर निबंध लिखे जा रहे हैं। व्याख्या तो इस पंक्ति की होनी चाहिए। खैर...!

"मन हो रहा हो तो भीग लो," उनको छेड़ने के उद्देश्य से मैंने एक बचकानी सी बात कही।

"पगला गए हो का बे?" लय में आते हुए शुक्ला जी बोले, "जिंदगी नचा रही है तो नाच रहे हैं। मोर थोड़ी हैं।"

हँसते हुए मैं उनके बगल वाली कुर्सी पर बैठ गया। कुछ देर के लिए हम दोनों खामोश हो गए। कोई शायर मिजाज व्यक्ति होता तो इतनी देर में बारिश की बूँदों से गुफ्तगू कर लेता। पूछ लेता उनकी मंजिल। या सुन लेता उनके गीत, जो गुनगुनाते हैं वो, बादल से धरती का सफर करते-करते। पर न ग़ालिब मेरे मामा हुए और न फ़ैज़ मेरे चाचा। सुड़-सुड़ाते हुए चाय पी लेना उस वक्त सही लगा, सो मैंने किया।

आधा हिसाब

"क्या सोच रहे हो?" मैंने पूछा।

"तुम अलग बकैत आदमी हो यार," बनावटी गुस्से में वो बोले, "जीवन के बारे में दो पल रुक कर कभी-कभार तो सोचते हैं। तुम वो भी मत करने दो।"

"नहीं! नहीं! सोच लो आराम से," खुद पर लगे सभी आरोपों का खंडन करते हुए मैंने कहा, "बस सोचते ही रहना जीवन भर। करना मत कुछ।"

"डर लगता है," उन्होंने कहा।

दो पल को लगा कि डरावनी फिल्मों की बात शुरू हो गई है। पर तीसरा पल खत्म होते-होते समझ आ गया कि जनाब पिंकी जी की बात कर रहे हैं।

"यार कब से जानते हो उनको। अब तक तो समझ आ गया होगा कि वो क्या चाहती हैं?"

"तुम तो कुछ ना ही बोलो तो बढ़िया। खुद की सपप्लिमेंट्री आ रही है, ज्ञान दे रहे हैं टॉपर वाला।"

"तुम्हारा फिर भी ठीक है यार," मैंने मुस्कुराते हुए कहा, "सबको दिखता है पिंकी जी के मन में क्या है। बस कहने भर की देरी है। मेरी कैसेट कुछ ज्यादा ही उलझी हुई है। सुलझाने में समय लगेगा।"

"हमारी अम्मा कहा करती है," अलग ही अंदाज में आकर वो बोले, "दूसरों के सुख और खुद के दुख, सबको बड़े लगते हैं।"

मैं भाव-विभोर हो गया।

"यार इतनी गहराई तुम्हारे व्यक्तित्व को शोभा नहीं देती," मैंने हँस कर कहा, "ये सब छोड़ो और हिम्मत जुटाओ।"

उनका कोई जवाब नहीं आया। मैंने खुद ही आगे कहा, "ज्यादा-से-ज्यादा क्या हो जाएगा? आज जो कुछ भी है तुम्हारे पास, उससे एक रत्ती भर भी कम होगा कुछ?" नाटकीय प्रभाव के लिए एक छोटा सा विराम लेकर मैंने आगे कहा, "नहीं ना? तो फिर मुँह में दही जमाए क्यों बैठे हो? और कब तक यहाँ आने का बहाना ढूँढते फिरोगे? एक बार बोल कर तो देखो।"

"एक बार हिम्मत जुटाई थी," पुरानी यादों में कहीं खोए हुए वो बोलने लगे, "चमन पटेल याद हैं? उनके केस में जब हम निपटे थे? गवाही थी हमारी। कोर्ट में बैठे दे रहे थे बढ़िया। पर धीरे-धीरे जेल जाने के आसार दिखने लगे। ध्यान लगा कर सोचा तो अचानक सब अस्थाई लगने लगा। थोड़ा और ध्यान लगा कर सोचा तो सिर्फ एक ही चीज स्थाई दिखी- पिंकी जी। अचानक उनको बताना जरूरी हो गया कि हमारी जिंदगी में क्या होने वाला था। सारी संभावनाएँ और सारा सच। और साथ-ही-साथ वो सब कुछ जो हमारा दिल चाहता था... वो ख्वाहिश, उनसे ब्याह करने की। उनके स्कूल का समय बस खत्म होने ही वाला था। दन-दनाते हुए हम वहाँ पहुँच गए। सीधे स्टाफ-रूम के दरवाजे पर। सब हमको देख कर सकपका गए। पिंकी जी पता नहीं किस हड़बड़ी में हमारे पास आ गईं। कुछ इशारा भी किया आँखों से। हल्का सा गुस्सा, हल्का सा आश्चर्य, और पीछे-पीछे चले आने का आदेश। इतना तो वो था जो उनकी आँखों में सब देख पा रहे थे। हमको तो वो भी नजर आया, जो हकीकत के परे ही था कुछ। बिना कुछ बोले, वो आगे निकल आईं। और हम उनके पीछे-पीछे हो लिए। हमको लगा कि स्टाफ-रूम में यूँ बेधड़क घुस आने के कारण वो नाराज हो गई हैं। स्कूल खत्म होने वाला था, और हमारी क्लास शुरू।"

"फिर?" मैंने पूछा।

"फिर हम स्कूल के खेल के मैदान तक पहुँचे। पिंकी जी शायद एकांत चाहती थीं।"

आधा हिसाब

"फिर?"

"फिर बच्चों सी उछलते हुए वो हमारे गले लग गईं। हम बेखयाली में बस खड़े रह गए।"

यह दृश्य मेरे मन में स्वतः ही स्लो-मोशन में चलने लगा। पीछे एक वायलिन की कमी रह गई, बस, बाकी पूरी पिक्चर नजर आ रही थी। कितना मासूम रहा होगा वो पल। कितना खूबसूरत और कितना बेबाक।

"अरे! तो फिर जो कहने गए थे वो कहा क्यों नहीं?"

"बहुत खुश थीं यार वो। एक न्यूज चैनल में इंटर्नशिप के लिए उनका सिलेक्शन हो गया था। दिल्ली में। एक हफ्ते बाद उनको जाना था।"

हम अपने जीवन के सभी छोटे-बड़े निर्णय अपनी इच्छाओं, अपनी चाहत को ध्यान में रख कर लेते हैं। और यही निर्णय, हमें हमारी नियति के करीब ले जाते हैं। फिर भी कितना अंतर होता है, 'चाहने' और 'होने' के बीच।

"नहीं कहा यार कुछ," शुक्ला जी जारी रहे, "हिम्मत ही नहीं हुई। उनका बचपन का सपना था, जर्नलिस्ट बनना। उस सपने के सामने प्यार-मोहब्बत वाला बम फोड़ना सही नहीं लगा। बस इसलिए।"

"वो इरफान भाई की फिल्म का डायलॉग है ना," माहौल को सहने योग्य बनाने की कोशिश में मैंने कहा, "मोहब्बत थी इसलिए जाने दिया। जिद होती तो बाहों में होती।"

दूर अनंत को निहारते हुए, गहरी आवाज में उन्होंने जवाब दिया, "दुनिया 'मोहब्बत' और 'जिद' के बीच उलझी है मिश्रा जी। अब तुम ही बताओ कि हम अपना 'पागलपन' लिए कहाँ जाएँ?"

बारिश थम गई। जिन बूँदों के स्पर्श-मात्र से कुछ देर पहले पेड़ झूम रहे थे, वही बूँदें बोझ बन कर अब पत्तियों पर बैठ चुकी थीं। ऐसा ही बोझ तो था शुक्ला जी के मन में।

"अब तो सब किस्मत का खेल है। जो लिखा होगा, मिल जाएगा। और पिंकी जी अब एक अखबार की संपादक हैं। उनको हमेशा से जो चाहिए था, वो सब तो है ना उनके पास," शुक्ला जी ने यूँ कहा जैसे वो खुद को ही मना लेना चाहते हों।

"तुम नहीं हो ना!" पीछे से जवाब आया।

*** *** ***

हमारी आँखें, भावनाएँ, स्थिति, प्रतिक्रिया हमारा हर एक हाव-भाव, सक्षम है अपनी बात रखने में। इस दुनिया में आजतक जितनी बातें कही गई हैं, उससे ज्यादा समझी गई हैं। और इंसान का यह कौशल, पूरक है उस प्रेम का, जो खामोश रहा। 'बता देना' जब काफी नहीं होता, जताना पड़ता है। मुझे नहीं पता पिंकी जी कब से हमारे पीछे खड़ी थीं। पता नहीं उन्होंने हमारी कितनी बातें सुनी। पर इतना तय है कि जो कुछ भी उन्होंने सुना, उनके मन में बने प्रेम के बाँध को तोड़ने के लिए काफी था।

"अब इतना सन्नाटे में क्यों खड़े हो?" पिंकी जी शुक्ला जी के पास आकर बोलीं, "अभी तो बहुत चपड़-चपड़ कर रहे थे। जिद, पागलपन, फलाना, ढिकाना।"

बबलू शुक्ला थोड़ी खुशी, थोड़ी हैरानी और थोड़े अविश्वास के साथ खड़े रहे। वो शायद इस समय कहा जा सकने वाला सबसे खूबसूरत शब्द ढूँढ रहे थे। पर इस पल में मुस्कुराने के अलावा शायद और कुछ भी कहना उनको जायज नहीं लगा। या शायद उनकी बोलती बंद हो गई हो। साफ तौर पर कुछ कहा नहीं जा सकता।

"पता तो है आपको सब," मासूमियत के साथ वो बोले।

"ठीक है फिर," मुड़कर वापस जाते हुए वो बोलीं, "अपनी अम्मा से ही कह देना। आशीर्वाद मिलेगा।"

हड़बड़ाहट के साथ, जितनी जल्दी हो सकता था, सकपकाई सी आवाज में शुक्ला जी ने कहा, "शादी कर लीजिए हमसे।"

पिंकी जी रुक गईं।

शुक्ला जी आगे बढ़े, "उस दिन नहीं कह पाए थे। बस यही बात एक बोझ सी बैठी थी हमारे अंदर। आज कह कर उतार दिया। आप अब भी वही जवाब दे सकती हैं जो उस दिन छत पर दिया था। हम समझ जाएँगे। हम जानते हैं कि..."

"हाँ!" बबलू को बीच में ही रोकते हुए पिंकी जी बोलीं, "हम तैयार हैं।"

उन्होंने किसी की प्रतिक्रिया का इंतजार नहीं किया। चुप-चाप, मुस्कुराकर, नीचे चली गईं।

कहानी के उस पार

जया पर पीला सूट और हल्के हरे रंग का दुपट्टा मुझे हमेशा से ही अच्छा लगता है। बचपन में मेरे जन्मदिन पर जया हर साल वही पहना करती थी।

जीवन के इस सफर पर हम दोनों बहुत दूर आ गए हैं। इस रास्ते पर हम दोनों कभी साथ चले, तो कभी आगे-पीछे। हम दोनों ने कुछ फासला लड़-झगड़ कर तय किया, तो कुछ एक-दूसरे का ख्याल रख कर। कुछ दूर हम खामोश चले, तो कुछ दूर बस बातें ही की। कभी कोई इतना दूर निकल गया कि पीछे वाले को नजर ही नहीं आया, तो कोई सालों बाद, उसी सड़क के किनारे, थका हुआ इंतजार करता मिला। पर एक फासला था, हम दोनों के बीच, एक साथ चलते हुए भी। इस फासले ने हम दोनों को रोके रखा, अपनी इच्छाओं को कहने से।

इच्छाओं का पूरा होना एक विलासिता है। बेशक होगा। पर इच्छाओं को जाहिर कर पाना भी कितनी बड़ी बात है।

जया मेरे मन के तूफान का आखिरी ठौर है। कितना कुछ था उससे कहने के लिए, कितनी बातें थी उसको बताने के लिए। कितना कुछ बाकी था हम दोनों के दरम्यान, होने को। पर सब कुछ खत्म होने के बाद जब हम मिले, मैं कुछ भी नहीं कह सका।

आधा हिसाब

जया और मेरा रिश्ता हमेशा से ही एक नाम ढूँढता रहा है। मैंने मान लिया कि अब इस नाम के तलाश में ही शायद जीवन बीत जाए। मैंने मान लिया कि शायद उस सड़क पर हम समांतर ही रहेंगे। मैंने मान लिया कि एक इच्छा और सही, ज़ाहिर न हो सकी तो भी क्या?

पर अगले महीने जब मेरा जन्मदिन आया, जया वही पीला सूट और हल्के हरे रंग का दुपट्टा पहन कर आई।

*** *** ***